Cristina Peri Rossi
Die letzte Nacht Dostojewskis

Cristina Peri Rossi

Die letzte Nacht Dostojewskis

Roman

Aus dem Spanischen
von Gunhild Niggestich

Peter Hammer Verlag

Originaltitel: La última noche de Dostoievski
Grijalbo Mondadori España, S.A., Madrid 1992

Die Deutsche Bibliothek – CIP-Einheitsaufnahme
Cristina Peri Rossi:
Die letzte Nacht Dostojewskis : Roman / Cristina Peri Rossi.
Aus dem Span. von Gunhild Niggestich. – Wuppertal :
Hammer, 1994
Einheitssacht.: La última noche de Dostoievski <dt.>
ISBN 3-87294-630-7

Umschlaggestaltung: Wolf Erlbruch
Satz: Greiner & Reichel, Köln
Gesamtherstellung: Franz Spiegel Buch GmbH, Ulm

Das Spiel ist die erste Erfahrung der Freiheit in der Welt der Dinge.
(Dostojewski, Tagebuch aus dem Jenseits)

An jenem Abend war der Spielsaal voll. Ich hasse die Wochenenden, wenn die guten, biederen Mittelstandsfamilien herkommen, um ein bißchen Geld, nicht viel, aufs Spiel zu setzen, in der Hoffnung, beim Bingo groß rauszukommen. Das sind keine richtigen Spieler, das sind bloß Gelegenheitsspieler, Sonntagsspieler; sie könnten ebensogut ins Kino gehen, einen kranken Verwandten besuchen oder eine Show ansehen. Sie rücken in Familienstärke an wie Panzereinheiten. Normalerweise kommen sie zu viert: das etwas reifere Ehepaar, das zur Fettleibigkeit neigt, und ihr Sohn oder ihre Tochter, die frisch verheiratet schon gelangweilt und irgendwie überdrüssig aussehen, weil sie sich aus Feigheit oder aus Phantasielosigkeit mit ihren Frustrationen abgefunden haben. Wenn sie den hell erleuchteten, rot ausgeschlagenen Saal betreten, wirft sich das Stammpaar in die Brust mit der zweifelhaften Befriedigung, Kinder großgezogen und sie auf den richtigen Weg gebracht zu haben (Ehe und Arbeit); der Abend im Spielsaal wird für sie zu einer erlaubten Sünde, zu einem geduldeten Laster, zum bürgerlichen Über-die-Stränge-Schlagen, zu einem Flirt mit der Gefahr und der Leidenschaft. So als mache man einen Familienausflug ins Bordell. Sie benehmen sich laut und auffällig: Sie treten fest auf, weil sie sich zugutehalten, immer die Regeln respektiert zu haben. Das hat nichts mit dem wahren Spieler zu tun, diesem Einzelgänger, der Begleitung und Gedränge verabscheut, und der all seine Konzentration braucht, um dem Glück die Stirn zu bieten. Deshalb spiele ich auch nicht gern, wenn die lieben Mittelstandsfamilien und ihre Nachkommenschaft in den Saal drängen. Ist es mir gelungen, einen freien, mit billardgrünem Filz bezogenen Tisch für mich allein zu ergattern, dann verschanze ich mich mit meinen Karten (ich spiele mit drei, vier oder je nachdem mit einer ganzen Serie) hinter einer Art Festung, um zu verhindern, daß sich die Familien dazusetzen: Ostentativ ziehe ich den großen runden Aluminiumaschenbecher an meine Seite, stelle den schwarzen Lackbehälter mit den Kugelschreibern (roten und grünen) vor mir auf und baue mit den Blättern des Notizblocks, den die Direktion stellt, so etwas wie einen Palisadenzaun um meine Karten.

Trotz dieser Vorkehrungen kann ich nicht verhindern, daß sich doch ein lauter und störender Familienverband auf die freien Plätze an meinem Tisch setzt: an den Wochenenden brodelt es im Saal wie in einem Druckkochtopf. Und außerdem, sobald sich Leute zu einer Gruppe zusammentun (sei es, weil sie verwandt sind, die gleichen politischen Ansichten haben oder die Vorliebe für denselben Sport teilen), werden sie arrogant, selbstgefällig und raumgreifend. Ich kann sie nicht daran hindern, sich zu mir zu setzen, denn das Bingo ist ein demokratisches Spiel; aber von diesem Moment an spiele ich verdrossen. Jedes Duell mit dem Schicksal oder mit dem Glück erfordert absolute Konzentration; es handelt sich um einen einsamen Kampf, weder Gefühle noch Mitleid, noch die Erotik haben dabei etwas zu suchen. Für eine Familie des Mittelstandes ist es dagegen so etwas wie eine Orgie: ein gemeinsamer, inzestuöser Zeitvertreib. Von sich eingenommen und im Hochgefühl ihrer selbst prusten sie los, lachen, erzählen sich belanglose Familiengeschichten, rülpsen und machen laut blödsinnige Bemerkungen. Bei ihnen herrscht die grobe Lüsternheit im Verborgenen lauernder Leidenschaften zwischen Familienmitgliedern. Sich gemeinsam an einen staatlich sanktionierten runden Spieltisch zu setzen, ist so etwas wie den dumpfigen Sündenfall im Namen des Gesetzes und der Ordnung begehen. Daher auch die Wollust, mit der sie sich die Karten teilen. Ein richtiger Spieler würde niemals seine Karten mit jemandem teilen; denn angesichts der dunklen Machenschaften des Glücks ist die Bingokarte oder die Spielkarte, die er bekommt, eine heilige, göttliche Zahl, ein ihm bestimmtes, einmaliges Geschenk. Davon haben die Sonntagsspieler keine Ahnung. Der Vater, der insgeheim seine Tochter begehrt, schiebt ihr nun mit glänzenden Augen und feuchten Händen zwei Karten als Geschenk über das grüne Tuch zu, während das andere Männchen, das junge Männchen, das sie erobert hat, demütig den Kopf senkt und sich dem höheren Rang der Vaterschaft und des Alters unterwirft. Und das dicke Muttertier, die unverfrorene Matrone, erlaubt sich, mit dem Schwiegersohn über einige Zahlen zu witzeln, deren obszöne Bedeutung sie sehr wohl kennt. Das junge Paar kann unterdessen im Schutz des individuellen Spiels mit eigenen Karten ungestraft seinen Egoismus und seine Rivalitäten entfalten.

An Wochenenden bleibt mir nichts anderes übrig, als geduldig darauf zu warten, daß sich der Saal leert, daß diese Sonntagsspieler gehen. Gegen zwölf Uhr ziehen sich die Familien zurück. Sie machen nicht gern eine Nacht durch. Sie gehen, wie sie gekommen sind: als Gruppe. Sie nehmen ihre Mäntel, lassen ein paar abschätzige Bemerkungen über das Spiel fallen (gute Verlierer sind sie nicht) und kehren zu ihren gewohnten Rollen, zu Ordnung und Unterdrückung zurück. Schon haben sie diese paar Stunden vergessen, in denen das alte Muttertier einmal das war, was es schon immer sein wollte: eine verführerische Frau, die mit ihren vollen, prallen, spitzen Brüsten die Männer aufspießt; vergessen die Stunden, in denen der alternde, zahme Ochse sich in einen eingebildeten, in seine Töchter verliebten Zeus verwandelt hatte; in denen der Schwiegersohn endlich einmal den ängstlichen Beamten mit dem aschgrauen Gesicht ablegte und die von der Ehe gebändigte Tochter sich vom fürsorglichen, verliebten Vater die Wangen tätscheln ließ.

Wenn sie gehen, bleiben nur noch wir wahren Spieler und Spielerinnen zurück. Ein befriedigtes Aufatmen geht durch den Saal. Der wahre Spieler und die wahre Spielerin wünschen keine Gesellschaft, sie benötigen all ihre Einsamkeit und Konzentration, wenn sie sich auf den leidenschaftlichen Kampf mit dem Glück einlassen. Hier tut das Geschlecht nichts zur Sache. Jeder Spieler will einen Tisch für sich, ein eigenes Schlachtfeld. Er duldet keine andere Gesellschaft als die des Aschenbechers, der Zigarette, des Feuerzeugs und des Kugelschreibers, um die geheimnisvollen, rebellischen Zahlen zu notieren. Höchstens noch einen guten Whisky, ein Bier oder Wasser mit Eiswürfeln. Herausfordern macht durstig. Er sieht nur noch die Videoschirme, auf denen in immer gleichen Abständen die großen dicken fetten Kugeln mit den Zahlen erscheinen. Er hört nur noch die monotone Stimme der Ansagerin, die mit dem professionellen Ernst einer Stewardess unbeteiligt und eintönig die Zahlen ankündigt. Alle Erregung konzentriert sich allein auf den Tisch, an dem ein gespannter, mitschreibender Spieler den Zahlen entgegenfiebert, die eine nach der anderen auftauchen, und deren Abfolge einer Zusammenstellung des Zufalls entspricht, die wir nicht kennen, die wir nicht erraten können, und die ein unlösbares, unergründliches Geheimnis ist.

Um zwei Uhr in der Frühe sind nur noch wir überzeugten, besessenen, inbrünstigen Spieler im Saal. (Die Spielkasinos von Monte Carlo bis Saigon wurden ja auch Glückstempel genannt). Wir wahren Spieler sind einsam und schweigsam: nie würden wir uns zu einer Bemerkung über das Glück herablassen; unsere Haltung ihm gegenüber ist hochmütig und stolz. Wir verlieren mit großer Standhaftigkeit, ohne zu schimpfen, ohne zu fluchen. Da wird nicht gegen die sechs gewettert, die nicht gezogen wurde, und nicht über die neunundzwanzig gemeckert, die noch auf dem Videoschirm leuchtet. Ebenso zurückhaltend benimmt sich der wahre Spieler, wenn er gewinnt, da gestikuliert er nicht, macht kein Aufhebens, bricht nicht in Jubel aus. Er weiß, daß verlieren oder gewinnen etwas ist, das sich jeglichem Kommentar entzieht. Jedenfalls ist verlieren oder gewinnen etwas Metaphysisches, dem menschliche Urteile nicht beikommen: es hat weder mit Rechtsprechung noch mit Arbeit, noch mit Tüchtigkeit, noch mit System zu tun. Es ist etwas anderes. Dieses andere hat noch keinen Kodex, kein Zeichen, durch das es sich benennen oder symbolisieren ließe. Einzig eine zur Schau getragene Gleichgültigkeit gehört zu dieser Kategorie des Glücks: die Unerschütterlichkeit beim Verlieren, die Unerschütterlichkeit beim Gewinnen. Im Zufall spiegelt sich die Unordnung der Welt: einer wird in eine reiche Familie hineingeboren, ein anderer hat arme, bedeutungslose Eltern, einer bekommt Krebs, ein anderer hat eine Begabung für die Wissenschaft. Es gibt Theorien, die vorgeben, diese Geheimnisse erklären zu können: die Religionen, die Geschichte, die Biologie. Doch trotz dieser Theorien ist das Leben weiterhin unvorhersehbar, ein wahres Chaos. Der, dessen Karte gewinnt, weiß nicht mehr über diese Geheimnisse als der, dessen Karte verloren hat. Gewinnen oder verlieren bringt keine Erleuchtung, es gibt keine Wahrheit im Zufall, ebensowenig wie in anderen Disziplinen. Weder der Buddhist noch der Christ, weder der Naturwissenschaftler noch der Bürokrat, weder der Soldat noch der Politiker, weder der

Mann noch die Frau wissen etwas über das Geheimnis des Lebens, so wie der Seidenwurm nichts über die Seide weiß und der Elefant nichts über das Elfenbein.

Die Tatsache, daß der Zufall unvorhersehbar ist, löst bei den meisten Spielern einen unwiderstehlichen Hang zum Fetischismus und zum Aberglauben aus. Ich kenne z.B. einen Roulette-Spieler, der fest daran glaubt, nur dann zu gewinnen, wenn er am Abend eine schwarze Kordel um den Hals trägt, die er von seiner Großmutter in Kansas geerbt hat. Trägt er die Kordel und verliert doch, schreibt er sein Pech dem langen dünnen Fetisch nicht zu, gewinnt er aber, dann glaubt er, daß das auf die verborgenen Kräfte der feinen Schnur zurückzuführen sei.

Viele tragen Amulette bei sich: einen Ring von der Mutter, ein Feuerzeug von der Ehefrau, einen Fächer aus Sandelholz, ein Paar Ringelsocken; sie bevorzugen einen bestimmten Tisch, einen besonderen Kugelschreiber oder ein Lieblingskleidungsstück. (Tai Hing, ein berühmter Opiumraucher und Besitzer der chinesischen Kasinos in Macao, war überzeugt davon, daß die Farbe Rot den Spielern Glück bringe, die Farben Grün und Weiß hingegen für die Spielbank günstig seien. Er verbot in all seinen Räumen und in der Werbung für seine Kasinos die Farbe Rot). Ich selbst bin nicht frei von Aberglauben. Denn den Gedanken an magische Kräfte können wir uns nicht entziehen, so lange wir uns unsicher fühlen oder uns dem Zufall gegenüber hoffnungslos unterlegen wissen. »Die Dunkelhaarige, die die Karten verkauft, bringt mir Glück« oder »Tisch dreiundzwanzig wird es bringen« – all das zeugt von diesem irrationalen Denken. (Wenn wir schwer erkrankt sind, geschieht dasselbe: Die dicke Heilerin, die uns die Hände auflegt, wird uns schon gesund machen oder die Kräutersalbe aus Indien oder das Wunderwasser, das wir in einem Fläschchen ohne Etikett aufbewahrt haben). Nach einer gewissen

Zeit, in der ich fast jeden Abend verloren hatte, machte ich schließlich mein honigfarbenes Tweedsakko dafür verantwortlich, in dem ich mich bis dato wohlgefühlt hatte, und das mir auch gut stand. Ich fing an, es scheel anzusehen, wenn die zweiundzwanzig nicht gezogen wurde, und es schien schuld an meiner Pechsträhne zu sein. Schließlich verbannte ich es in den hintersten Winkel meines Kleiderschranks und zog ein anderes Sakko an. Natürlich lassen sich diese Zusammenhänge nicht wissenschaftlich beweisen, aber die Natur des Zufalls ist irrational und geheimnisvoll wie die des Glaubens. Für den Spieler zählen nur die Erfolge, nicht die Niederlagen, genau wie für die Wunderheiler, die Wahrsager und die Politiker.

Ebenso unerklärlich scheint es, daß einige Kartenverkäuferinnen uns eher Glück verheißen als andere. Wenn eine uns zulächelt oder uns etwas Schmeichelhaftes sagt, denken wir, daß sie *weiß*, daß wir an diesem Abend gewinnen. Wenn sie uns gleichgültig behandelt und uns nicht anschaut, argwöhnen wir, daß sie einen anderen auserkoren hat, um ihm das Glück zuzuschanzen. Die Gepflogenheit, Frauen in den Spielsälen zu beschäftigen, entspricht einer fast religiösen Symbolik. Für den besessenen Spieler ist das Kasino oder das Bingo ein Tempel, wo der inbrünstige Wunsch zu gewinnen und das Schicksal zu entschlüsseln an die Stelle des Gebetes tritt. Wie die Tempel, so sind auch die Spielsäle voll von Dingen, die den Sinnen schmeicheln: Die Kristallüster schimmern wie Votivkerzen, der Zigarettenrauch steigt empor wie der Duft des Weihrauchs, und im Rot der Teppiche und Stühle verlieren sich die Schritte, die Gesten, damit, wie bei einer Litanei, nur die priesterliche Stimme zu vernehmen ist, die die Zahlen auf den Kugeln herbetet. In den heidnischen Tempeln hüteten die Vestalinnen die Geheimnisse des Schicksals. In den Spielsälen sind die Kartenverkäuferinnen die niederen Gottheiten des Tempels: Sie gewähren die Gnade ungerührt und willkürlich, ohne sich erschüttern zu lassen. Distanzierte Sympathie ist ihre normale Umgangsform, damit sich niemand bevorzugt fühlt. Mit absoluter Unerschütterlichkeit lassen sie die Anbiederungen der nervösen Spieler über sich ergehen, die sie am Arm oder an der Hand berühren, sie verführen oder sich gewogen machen wollen. Weil es die Verpflichtung der niederen Gottheiten ist, Gleichgültigkeit zu zeigen, versuchen die Spielsüchtigen, an Kleinigkeiten, an Unwillkürlichkeiten abzulesen, ob ihnen das Glück als Belohnung oder das Pech als Strafe bestimmt ist. Ich selber falle normalerweise auch unter diese Kategorie. Gestern abend beispielsweise wollte ich, nachdem ich zwei Stunden lang nur verloren hatte, ein Glas Wasser trinken und ein Aspirin nehmen, das ich bei mir hatte. In diesem Augenblick lächelte mir die Kartenverkäuferin, die schwarzäugige, dunkelhaarige Vestalin, die für meinen Tisch zuständig ist, verständnisvoll zu und sagte: »Mir tut auch der Kopf weh«. Während ich die neuen Karten bezahlte, bot ich ihr mit einer leichten Handbewegung ein Aspirin an. Ich konnte sie nicht festhalten – der Verkauf der Karten geht sehr schnell vonstatten –, aber später, als die Ansage der Zahlen auf den Kugeln begann, langsam und mechanisch wie das Herbeten des Rosenkranzes, trat sie an meinen Tisch und löste ein Aspirin aus der Verpackung. Ich wertete das als gutes Omen. Ich dachte, daß ich von diesem Augenblick an größere Gewinnchancen hätte. Wenn sie mich schon wegen des Aspirins gewählt hatte, würde sie sich nun dafür erkenntlich zeigen und mir den Gewinn zukommen lassen. Beim nächsten Mal fiel der Hauptgewinn an meinen Nebentisch. Sie sah mich etwas mitleidig an – jedenfalls wollte ich das an ihren Augen ablesen. Die Rechnung war nicht aufgegangen, das Glück hatte mich um nur eine Karte verfehlt; es war gut gemeint gewesen, aber es kam einem anderen ganz in meiner Nähe zugute. Wie auch immer, ich dankte ihr im stillen. Von diesem Augenblick an wußte ich, daß ich an diesem Abend nicht mehr gewinnen würde: Das Glück hatte mich lediglich gestreift, und sein Hauch, seine zärtliche Berührung, wiederholt sich nicht.

– Einen Augenblick, nur einen Augenblick lacht uns das Glück: Alles läuft nur auf die Frage hinaus, ob man das Beste daraus macht und ob man rechtzeitig aufhören kann, sagt Carlos, ein kaltblütiger, erfolgreicher Spieler.

Ich unterhalte mich nicht oft mit Carlos über das Spielen, trotz unserer gemeinsamen Sucht. Wir sind grundverschiedene Spielertypen, wie auch Kirchgänger der gleichen Gemeinde grundverschieden sind. Sie verbindet zwar dieselbe Zeit und derselbe Ort, aber wie sie die Gottheit lieben, sich ihr nähern, wie sie sich beim Gottesdienst langweilen oder ihn genießen, das ist ganz unterschiedlich. Carlos ist ein eitler Spieler; er verachtet das Glück, er spielt nur, weil er sich sonst langweilt. Er glaubt weder, daß es irgendein Geheimnis in der Verteilung des Glücks zu entdecken gibt, noch sucht er im Spiel selbst etwas Symbolisches; er flüchtet vor dem immer gleichen unerträglichen Überdruß, den er der Welt, seinem Beruf (er ist Zahnarzt), der Durchschnittsehe und der Seßhaftigkeit zuschreibt, ein Überdruß, der zu seiner inneren starren Kälte paßt. Er spielt mit Verachtung und Distanz, so wie er einen kariösen Mund oder die Röntgenaufnahme eines ausgerenkten Kiefers betrachtet. Er vermeidet es, sich seinen weißen Kittel mit Blut oder mit Eiter aus entzündetem Zahnfleisch zu beschmutzen, so wie er es vermeidet, sich zu verlieben oder das zu verlieren, was er gerade beim Spiel gewonnen hat. Er glaubt unerschütterlich an sich selbst, an seine Überlegenheit dem Glück gegenüber – daher gewinnt er auch oft. Er ist eitel, aber nicht überheblich: Wenn er gewonnen hat, kommt er erst Tage später wieder. Ich dagegen werde überheblich. Wenn ich gewinne, dann soll sich mein Glück wiederholen: Mein Verlangen ist grenzenlos; ich will nicht nur einmal gewinnen, sondern immer. Es hat für mich überhaupt keine Bedeutung, irgendeinen Gewinn einzustecken: Ich will jeden Gewinn, jeden Erfolg.

– Ich möchte nur manchmal gewinnen, manchmal verlieren, wie das eben so ist, sagt Carlos. Aber du – bei dir weiß man überhaupt nicht, was du willst, was du eigentlich suchst.

Was ich suche, Carlos, ist leicht zu sagen: Ein ums andere Mal gewinnen, die Bank sprengen, den normalen Ablauf der Dinge gründlich stören. Du willst nur deine Zeit totschlagen, ich aber Gott.

Von Zeit zu Zeit versucht Carlos, mit einer der Angestellten des Spielsalons anzubändeln. Mit welcher ist ihm im Grunde egal. Bei seinen Liebschaften ist er nicht wählerisch, wie er auch dem Glück gegenüber nicht wählerisch ist. Er spricht nie über seine kurzen, leidenschaftslosen Beziehungen. Ich hingegen halte mich ganz zurück, nie eine Anspielung, nie eine zweideutige Geste. Diese niederen Gottheiten, die das Glück oder das Unglück verteilen, sind für mich nur Werkzeuge einer viel höheren, absoluten Macht. Meine Spielleidenschaft ist so ausschließlich, daß sie keinen Platz für andere Leidenschaften läßt. Wenn ich gewinne, lasse ich den rituellen Obolus auf dem Silbertablett, das mir die auszahlende Dame reicht, und wenn ich verliere, ziehe ich mich schweigend nach der letzten Runde zurück, ohne zu sagen, wie schlecht ich mich fühle. Ein näherer, intimer Umgang mit diesen Händlerinnen des Glücks würde mich so beunruhigen wie eine Überlagerung von Ebenen, die den Blick auf die höchste verstellt. Man schachert nicht mit dem Illusorischen, es sei denn, man will es zerstören.

– Manchmal, sage ich zu Carlos, wenn wir, selten genug, zusammen an der Bar des Spielsaals etwas trinken, manchmal kommt es mir so vor, als säße ich am Tisch wie in einem Flugzeug: Die Stewardessen trösten Passagiere, denen es übel geworden ist, erklären die Flugroute und versuchen, die Ängstlichsten zu beruhigen wie eine besorgte Mutter ihre verängstigten Lieblingskinder.

Ich meine, schon gewisse abschätzige Blicke von einigen Kartenverkäuferinnen erspäht zu haben, als wären wir Spieler in den Ledersesseln Patienten in einer onkologischen Tagesambulanz oder unheilbare Insassen eines Irrenhauses. Aber es sind nur flüchtige Blicke. Es kann schon sein, daß sie uns manchmal verachten, irrsinnige, autistische Kinder, total abhängig von Kugeln, die ganz zufällig aus einer elektronischen Kugelschleuder, in der sie umhertanzen, herausspringen. Aber Verachtung oder Bewunderung haben nur wenig mit ihrem Objekt zu tun (wie z.B. auch die Liebe), sie sagen mehr aus über diejenigen, die sie empfinden, als über das Objekt als solches. Auch das passiert mir: Es gibt Tage, an denen ich das Spielen hasse, dann möchte ich weit weg sein von allen Spielsalons, dann finde ich diese Sucht kindisch und lächerlich. An anderen Tagen hingegen erwache ich schon mit einer entsetzlichen Unruhe, kann nicht schnell genug bei einem Spielautomaten sein (allein, wie mit einer Geliebten), die Maschine streicheln, sie verführen, ihr zuhören, Geldstücke in sie hineinschießen, sie ausplündern, sie demütigen, sie vergewaltigen. An Abenden, an denen ich müde und abgespannt von der Arbeit komme, und sich die hellen, glitzernden Lichter der Bingosäle vor mir öffnen wie verlockende Etablissements, und ich mich in sie hineinstürze, zahle ich für ein Vergnügen, das mir nicht immer zuteil wird. Ich zücke den roten Kugelschreiber, diesen Feuerpenis, und lausche aufmerksam der höllischen Abfolge der Zahlen. Vier, achtundzwanzig, neunundsechzig, sechzehn, vierundfünfzig. »Da hat jemand Bingo gewonnen!« Ein Murmeln geht durch den Saal wie das Gurren von paarungswilligen Tauben. Ich stecke meine Hand in die Tasche. Mir bleibt nur noch ein einziger Schein; aber ich habe ja die Kreditkarte bei mir. Neben den Bingosälen gibt es immer eine

Bank mit einem Geldautomaten. Wir unverbesserlichen Verlierer nehmen zu ihm Zuflucht wie Schwerkranke zur Notaufnahme eines Krankenhauses. Ich verlasse den Saal. Draußen ist es kalt. Noch ganz unter dem Eindruck der strahlenden Beleuchtung und der Videoschirme des Bingo fühle ich mich wie ein Phantom auf einer unbekannten Straße in einer fremden Stadt. Automatisch lenke ich meine Schritte zur nächsten Bankfiliale. Ich öffne die Tür mit meiner Kreditkarte, stürze zum Geldautomaten, gebe meine Geheimnummer ein. Ich habe eine einfache Nummer gewählt (mein Geburtsjahr), um bei solchen Gelegenheiten keine Zeit zu verlieren. Die kleine Verzögerung des Automaten vor dem Hinblättern der Scheine ist mir unerträglich. Sobald ich sie ergreifen kann, kehre ich wie der Blitz in den Bingosaal zurück. Glücklicherweise ist die Tür zum Saal noch geöffnet (das heißt, daß die nächste Runde noch nicht angefangen hat). Wir Spieler sind fanatisch: Wir können keine Zeit verlieren, wir können einfach keine Runde versäumen. Wir fürchten, daß der kurze Moment unserer Abwesenheit genau der Zeitpunkt sein könnte, den das Glück für uns ausersehen hat, genau die Runde, in der wir hätten gewinnen können. Wer vor Schließung des Saals geht oder bevor er alles verloren hat, ist kein echter Spieler. Er ist nur einer, der wettet. Auf meinem Sessel (an meinem Lieblingstisch Nummer dreiundzwanzig) habe ich meinen Mantel zurückgelassen, damit mir niemand meinen Platz wegnimmt. Ich gehe wieder in den Saal und eile an meinen Tisch. Ich habe weder Zeit noch Lust, die anderen zu beobachten; ich halte besorgt Ausschau nach der Kartenverkäuferin, die für meinen Tisch zuständig ist, und noch bevor ich mich setze, bedeute ich ihr mit der Hand, daß sie mir vier Karten auf den Tisch legen soll. An diesem Abend habe ich zu viel Geld verspielt und muß versuchen, es wieder zurückzugewinnen. Ich will schon nicht mehr gewinnen, sondern nur noch nicht mehr verlieren. Die Verkäuferinnen, diese tieffliegenden Tauben, rufen: »Letzte Karte, allerletzte Karte«. Die Unentwegten heben die Hand zum Kauf, um mit dieser letzten Karte das Glück zu versuchen, das ihnen bisher noch nicht gelächelt hat. Es gibt zwei Sorten von Abergläubigen: diejenigen, die immer die letzte Karte kaufen in der Hoffnung, daß diese ihnen Glück bringt, und diejenigen, die nie die letzte Karte kaufen, weil das Wort »letzte« in ihnen schlimme Vorahnungen heraufbeschwört. (Ich gehöre zu beiden Sorten; im Moment meine ich, daß die letzte gewinnen wird, jetzt, wo man sie ausruft.)

Während vom Haupttisch her die Kugeln angesagt werden, rechne ich nach, wieviel Geld ich schon verspielt habe. Wenn ich jetzt groß rauskomme, könnte ich den Verlust wieder wettmachen, aber möglicherweise komme ich nicht heraus und der Abend endet mit einer Katastrophe. Ich nehme mir selbst das Versprechen ab, ab jetzt nur noch mäßig zu spielen: Ich werde die Kreditkarte zu Hause lassen, um nur so viel einzusetzen, wie ich vorgesehen habe. Aber wenn sich das Glück, wie es schon vorgekommen ist, in dem Augenblick nähert, da ich überhaupt kein Geld mehr habe, werde ich die Chance, daß mich Fortuna mit ihrem Umhang, ihrem Hauch, ihren Hüften, ihrem Hals, ihren Brüsten, ihren Haaren berührt, verlieren. In allen Mythologien ist das Glück eine Frau. In allen Mythologien muß man sie verführen. Wir gierigen, nimmermüden Machos bedrängen sie unruhig wie Säuglinge, mit gezücktem Phallus, mit verliebtem Mund, mit unseren Versprechungen. »Wenn du mich begünstigst – versprechen wir, ohne selbst daran zu glauben –, dann werde ich nicht mehr spielen. Ich werde ein vernünftiger, arbeitsamer Mann ohne Laster. Ich werde früh zu Bett gehen, sparsam sein, aufhören zu rauchen und die Verwandten besuchen.«

Das Glück ist eine Frau, und damit sie uns ein einziges Mal ihre Gunst schenkt, beschwören wir sie mit Versprechungen, mit Gelübden, mit Zauberei, als wären wir sehnsüchtige und verzweifelte Liebhaber. Sie aber glaubt uns nicht. Sie ist eine Frau und glaubt uns nicht. Wie sollte sie auch? Sie weiß sehr gut, daß das alles nur Ausflüchte, nur Strategien sind, um sie zu erobern. Was die Spielerinnen angeht, so sind sie potentielle Lesben. Auch sie versuchen, das Glück zu verführen, aber sie tun das auf der Basis ihrer Wesensgleichheit als Frauen. Das Glück bevorzugt sie manchmal, denn sie sind gefühlvoller und überschwenglicher. Sie rufen mit Begeisterung »Bingo!«, sie lachen und freuen sich. Nichts haben sie von dem bedrückenden Ernst des männlichen Spielers, der sich ganz allein und verbissen einen stillen Kampf mit dieser schönen und spröden Frau liefert, der tollen Fortuna, die von nichts und niemandem abhängig ist, und die ohne Unterschied mit allen flirtet. (Aber wahrscheinlich hat unsere verhaltene Freude etwas Tieferes, Heimlicheres, Symbolischeres an sich).

Nach der Arbeit – ich bin Redakteur bei einem auflagenstarken, gottverdammten Wochenblatt – hat für mich der Spielsaal mit seinen weichen Teppichen, seinem Lichterglanz, seinen ausladenden Kristallüstern und den allgegenwärtigen Videoschirmen die behagliche Vertrautheit eines richtigen Heims. Eines Heims oder eines Bordells (»Vergnügungstempel« wurden die Spielsäle im neunzehnten Jahrhundert genannt: die Kasinos in Europas luxuriösen Heil- und Seebädern, heilig und heimlich wie alle Vergnügungen). Hier fühlte ich mich wohl, beschützt vor der Welt und in Sicherheit. Die Kellnerinnen huschen vorbei, servieren ein Getränk, lächeln den Stammgästen zu, bringen neue Kugelschreiber und haben ein freundliches Wort für den, der gewonnen hat. Solange ich mich im Spielsaal aufhalte, bequem in meinem Sessel sitzend, ist das einzig Wirkliche die regelmäßige, monotone Ansage der Zahlen, die, weit entfernt von allen Konflikten, von jedweder Sorge, wie stete Tropfen fallen. Wie im Paradies gibt es hier keine Trauer, keinen Tod, keine Lieblosigkeit, sondern nur den Verkauf der Karten. Elf. Sechs. Zweiundzwanzig. Achtzig. Neunzehn. Zweiunddreißig. Siebenundsiebzig. Zwölf. Vierundvierzig. Neununddreißig. »Linie gewinnt«, sagt die metallische Stimme der Ansagerin. Sie verliest die entsprechenden Gewinnzahlen und fügt hinzu: »Weiter mit Bingo.«

Die Wirtschaft und die Rituale verlangen nach Formeln, die sich wiederholen. Mir fehlte nur die fünfzehn, um bei »Linie« zu gewinnen. Sie wird gleich kommen – oder erst am Ende der Runde. Der Zufall: diese unvorhersehbare Ordnung. (»Nur im Spiel hängt nichts von etwas anderem ab«, schrieb Dostojewski). Alles andere auf der Welt kann man analysieren, erkennen, vorausberechnen: Stürme und Schneefälle, Krankheiten, das Ende von Liebschaften, Erbschaften, Bankkredite, Wirtschaftskrisen, Fußball- und Wahlergebnisse, Kriege, Liebeleien und Hochzeiten. Die Abfolge der Zahlen hingegen ist unvorhersehbar, ohne Ordnung, überraschend. Wenn ich sehnsüchtig auf die zwei warte, um groß herauszukommen, dann beschleunigt keine Berechnung, keine mathematische Kombination, kein Versprechen, kein Pakt ihr Erscheinen; mit angehaltenem Atem, angespannten Nerven und gezücktem Kugelschreiber bleibt mir nichts anderes übrig, als zuversichtlich zu warten oder dumpf zu verzweifeln. Schweigend warten. Ich mag die Stille der Spielsäle. Gotteshäuser und Spielsäle sind die einzigen Orte, an denen der Mensch, dieser unbedeutende Scharlatan, dieser Schwätzer, dieser unverbesserliche Lärmschläger, dieser Sonntagsphilosoph, dieser Lügenverbreiter, dieser Selbstbeweihräucherer, schweigt.

Lucia, meine Psychotherapeutin, eine der wenigen Personen, die von meiner Spielsucht wissen, sagte mir einmal:

– Sie mögen die Stille der Spielsäle, weil Sie genug haben von dem Gewäsch der Zeitungen und Zeitschriften. Sie sollten den Beruf wechseln.

Alle sollten wir irgendwann einmal den Beruf wechseln, Lucia. Der Arzt, der nach zwanzig Jahren Umgang mit Infarkten, Diabetes, Krebs und Darmverschlüssen im Angesicht von Schmerzen und Tod nur noch Gleichgültigkeit verspürt; der Lehrer, der an seinem Wissen und der Möglichkeit zweifelt, Wissen überhaupt vermitteln zu können; die Sekretärin, die keinerlei Interesse mehr für die Betriebsgeheimnisse ihrer Firma hat; der Revolutionär, der die Geschichte satt hat; der Abgeordnete, den der Fraktionszwang zur Zustimmung verpflichtet; die Hausfrau, die vier Kinder und einen Ehemann großgezogen hat, und deren einziges Vergnügen darin besteht, auf dem Nachhauseweg nach dem Einkauf Geld in den Spielautomaten zu stecken. Wir sollten auch die Stadt, die Eltern, die Kinder, die Freunde und Geliebten wechseln.

– Haben Sie es denn nicht auch satt? habe ich Lucia gefragt.

– Nicht so sehr wie Sie, hat sie geantwortet. Ich brauche meinen Beruf nicht in Spielsälen zu vergessen.

9. 27. 16. 90. 88. 40. 44. 21. 11. 17. 19. 52. 60.

Sagenhaft, wie oft die vierundvierzig gezogen wird. Sie erscheint praktisch in jeder Runde. Die siebenundzwanzig dagegen ist unzuverlässiger. Sie kommt und geht willkürlich, ohne Mitleid mit dem Spieler.

Ich stecke die Hand in die Tasche und ziehe einen neuen Schein heraus. Sonderrunde. Die Karten zum Doppelten ihres Werts. Nun gut, wenn ich diese Runde gewinnen kann, dann habe ich nicht nur das Verspielte wieder hereingeholt, sondern auch noch etwas gewonnen.

Ich kaufe fünf Karten. Ich suche die siebzehn, die mir Glück bringt. Wenn ich sie nicht auf der Karte habe, werde ich sicherlich verlieren. Die erste Zahl: die achtundzwanzig. Ja, die habe ich. Ich kreuze drei aufeinanderfolgende Zahlen auf derselben Karte an, aber dann ändert sich die Serie, und es beginnt eine neue, deren Zahlen auf anderen Karten stehen. (Es gibt im Leben keine zwei Spiele, die sich gleichen, Claudia; niemand hat je zweimal denselben Stich gemacht, niemand hat mit einer Karte zweimal gewonnen, es gibt keine zwei Leben auf der Welt, die identisch wären.)

Diesen Durchgang verliere ich, ebenso die nächsten. Um halb drei in der Frühe warte ich, völlig am Ende, mit Bangen auf die letzten beiden Runden. Mir tun alle Knochen weh, die Augen brennen, und ich habe zu viel geraucht. Das schlimmste ist, daß ich vom Spiel so aufgekratzt bin, daß ich zu Hause nicht einschlafen kann. Da ich ja nun einmal zur Arbeit gehen muß (die einflußreiche Zeitschrift fehlt in keinem Frisiersalon, in keinem Wartezimmer, in keiner Praxis), nehme ich eine Schlaftablette.

Wenn ich aufwache, werden mich Gewissensbisse plagen: Ich habe zu viel Geld verspielt, nichts gewonnen und bin außerdem übernächtigt, niedergeschlagen und wie gerädert.

Und dennoch, trotz meiner guten Vorsätze, bin ich morgen vielleicht wieder hier in diesem Tempel, kratze mein Geld zusammen, und bin abhängig von der Zahlenserie, von den weißen Kugeln, die auf unvorhersehbare Weise durcheinanderspringen. Gestern kam in der letzten Runde die sechzehn nicht.

In bestimmten Spielsalons stellen sich nach der letzten Runde morgens um drei, wenn die frustrierten Spieler aufbrechen, die Angestellten (Männer und Frauen) im Vestibül in Zweierreihe auf und verabschieden sich mit einer leichten Verneigung von den Gästen. Diese kleine Ehrerbietung stellt das Selbstbewußtsein der Verlierer wieder her: Sie werden wie Herren und Damen verabschiedet, denn nur Herren und Damen verspielen Geld zu ihrem Vergnügen.

Um drei Uhr morgens ist die Nacht des Glücks vorbei; der Zauber ist verflogen. Jeder einzelne nimmt schleunigst seine gewohnte Rolle in der Gesellschaft wieder auf: Jeder spielt wieder den braven Bürger, den Familienvater oder die Mutter, spielt den Beamten oder, wie ich, den Journalisten. Die weitaus meisten, da bin ich sicher, verlieren kein Wort darüber, wie und wo sie den Nachmittag, den Abend, die Nacht, die ersten Morgenstunden verbracht haben. Oder sie antworten mit Ausreden: »Ich hatte viel zu tun.« »Da kam noch ein Kunde.« »Ich habe einen Schulfreund getroffen« oder »Ich bin mit einem alten Freund essen gegangen«. Das Spiel ist, wie das Onanieren, ein einsames Laster, das man nicht beichtet, ein Geheimnis vor einem selbst.

Wie gepanzerte Käfer warten vor dem Ausgang des Spielsaals einige Taxis in Reih und Glied. Die Spieler steigen schnell ein. Die Stadt (die Fassade des Tempels, des Bordells, der Lasterhöhle) ist still, erleuchtet und menschenleer. Eine verlassene Filmkulisse.

Ein Stadtstreicher – ihm ist das Glück fremd, gleichgültig – schläft neben dem Ausgang auf alten Zeitungen; ich gehe mit einem Anflug von Schuldgefühl an ihm vorbei.

– Anfangs, sage ich zu der Psychotherapeutin, fand ich die Leute, die an den Spielautomaten spielten, miefig und verachtenswert. Gewohnheitsmäßig spielende Hausfrauen mit dumpfem Frust und unerfüllbaren Träumen, die die paar Münzen ausgeben, die sie beim Einkaufen gespart haben. Arbeitslose ohne Zukunft, die die Zeit bis zum Mittagessen an der Bar totschlagen. Irgendwelche alleinstehenden Rentner und andere Außenseiter der Gesellschaft.

– Wann änderten Sie Ihre Meinung von den Spielern an den Spielautomaten? fragt mich Lucia mit gespielter Harmlosigkeit.

Lucia: auf Lateinisch ›Licht‹. Ich frage mich, ob Lucias Mutter das wußte, als sie ihr diesen Namen gab. Als Lucia sich für diesen Beruf entschied, wußte sie es ganz sicher.

– Als ich selber anfing zu spielen, sage ich zu ihr. Ich bin weder eine frustrierte Hausfrau noch arbeitslos, weder pensioniert noch gehöre ich zu einer Randgruppe. Am Anfang, füge ich hinzu, war es nur ein Zeitvertreib, eine Ablenkung. Ich ging hinunter, um in der Bar an der Ecke zu frühstücken, bestellte am Tresen einen Kaffee und warf ein paar Münzen in den Automaten, aus bloßer Neugier. Aber plötzlich, erzähle ich weiter, wurde etwas anderes daraus. Die Veränderung wurde mir bewußt, als ich merkte, daß für mich nicht mehr das Frühstück oder die Zeitungslektüre das wichtigste war, sondern ob der Automat frei war, damit ich spielen konnte. Ich bewachte ihn, belauerte ihn, und wenn ich in die Bar kam und einen anderen spielen sah, dann war ich schon verärgert und unzufrieden. Dann wartete ich ab, bis mein Rivale verlor und wegging, damit ich anfangen konnte. Es ging schon nicht mehr darum, nur ein paar Münzen zu riskieren, sondern ich versteifte mich darauf, den Haupttreffer zu erzielen. Nicht des Geldes wegen – der Gewinn stand eh in keinem Verhältnis zu dem, was man hineingesteckt hatte –, sondern um ihn zu besiegen, um zu gewinnen.

Hör mal zu, sage ich zum beleuchteten Automaten in der Bar. Wir zwei kennen uns, meine Kleine. Du bist progammiert, das heißt, du hast ein Geheimnis. Ich werde dahinterkommen. Ich kann mehr als du. Schütt' schon aus, meine Süße! Laß deine Münzkaskade rauschen, deinen goldenen Sturzbach. Sei ein liebes Mädchen und komm schnell hintereinander. Die Frauen sind viel großzügiger als die Männer: Sie säugen, sie gebären, sie beschützen, sie trösten. Wir Männer sind nicht sehr großzügig. Wir geben nur etwas Samen, sonst nichts. Wir geben nicht gern und werden auch nicht gern gebeten. Wir müssen sehr an uns arbeiten, um das Wenige überhaupt zu geben. Das Einzige, was wir im Überfluß besitzen, ist Gewalt. Aber es ist mir nicht erlaubt, dir Gewalt anzutun. Ich muß die Regeln des Spiels einhalten. Ich darf dich nicht vergewaltigen. Zuerst muß ich dich auf Touren bringen, als Vorspiel etwas Geld einwerfen, wie der Freier bei den Huren.

– Ich machte mich allen Ernstes daran, die Befindlichkeit der Automaten zu untersuchen, erkläre ich der Psychotherapeutin. Ob sie warm waren, ob sie kalt waren, ob sie bereit waren, wie sie sich anhörten, wie die kleinen Zeichen erschienen, ihre Kombination.

– Ihnen wird nicht entgangen sein, bemerkt Lucia, daß das Wort ›Kombination‹ auch die weibliche Unterwäsche bezeichnet.

– Mir ist auch nicht entgangen, bestätige ich, daß das Verb im Grunde schon alles sagt: hineinstecken. Da gibt es einen Schlitz, den ich wortwörtlich mit Geld fülle.

– In wen wollen Sie eindringen? Wen wollen Sie vollstopfen? Wem wollen Sie etwas geben, um selber etwas zu bekommen? fragt mich die Psychotherapeutin. Handelt es sich um eine Prostituierte, die sich Ihnen manchmal verweigert? Auch wenn Sie ihr Geld geschenkt haben, befriedigt sie Sie nicht immer. Sie wollen sie verführen, beherrschen, aber in Wirklichkeit beherrscht die Prostituierte Sie, sie zeigt ihre Selbständigkeit, ihre Unabhängigkeit.

– Ihre Interpretation ist nicht sehr originell, sage ich zu der Psychotherapeutin. In fast allen Sprachen hat die Sprache der Verführung und der Liebe mit dem Spiel und mit dem Krieg zu tun. Belagerung, Eroberung, Durchbruch, Widerstand, Angriff, Erstürmung, Schwert, Bombe, Rakete, Vertrag, Pakt, Verteidigung.

– Ihre Probleme mit dem Spielen sind auch nicht sehr originell, antwortet Lucia. Sie berufen sich sehr oft auf Dostojewski, obwohl Sie ebenso gut den Schneider von nebenan oder die Kriegerwitwe anführen könnten, die unter derselben Sucht leiden.

– Das Verlangen zu spielen hört nie auf, vertraue ich Lucia an. Es hört vielleicht manchmal nachts auf, wenn geschlossen wird, aber am nächsten Tag ist es wieder da. Man wartet auf die Öffnung des Spielsaals wie Rennpferde auf den Beginn des Rennens. Wenn man verliert, spielt man weiter, weil man verloren hat, und wenn man gewinnt, spielt man weiter, weil man gewonnen hat.

– So haben Sie also die nie versiegende Quelle des Verlangens gefunden, bemerkt Lucia ironisch. Die einzigen Einschränkungen sind Müdigkeit, Öffnungszeiten oder Geldmangel, nicht? Natürlich, fügt sie sofort hinzu, ist ein Spielsaal verfügbarer als eine Frau: Er ist immer geöffnet, es gibt immer einen Tisch für Sie, man lächelt Ihnen beim Kommen und Gehen zu, wie in einem Bordell. Aber die Frauen, die nicht im Bordell arbeiten, verlangen etwas anderes als Geld von Ihnen, und nicht immer sind sie für Sie da.

– Wenn Sie an Claudia denken, komme ich ihr zuvor – ich habe es nicht gern, wenn die Psychotherapeutin mich mit einer Interpretation überrascht, die mir nicht eingefallen ist –, ich war schon ein Spieler, bevor ich sie kennenlernte.

(Ich war schon ein Spieler zu Claudias Zeit. Ich spielte vor unseren Verabredungen, und ich spielte hinterher. Unsere Treffen und unsere Abschiede bereiteten mir große innere Unruhe. Manchmal flüchtete ich mich, während sie, nachdem wir uns geliebt hatten, schlief, in den nächsten Salon und fing an zu spielen, um mich auf mich selbst zu konzentrieren, als müßte ich vor dem Fremdwerden eines zu nahen Körpers, vor einem unerträglich symbolischen Ich davonlaufen. Spielen machte mich dann wieder gelassener. Eines verriet ich ihr nie: Das Spiel war für mich die letzte Zuflucht vor der Übermacht der Liebe.)

– Sicherlich, antwortet Lucia. Sie spielten schon zu dieser Zeit und verheimlichten darüber hinaus ihre Spielleidenschaft sogar vor Claudia. So fühlten Sie sich besser geschützt und konnten sich selber leichter verzeihen. Ich bin sicher, daß Sie der Spielsucht eine viel großere Nachsicht entgegenbringen als der Untreue.

– Es ist komisch, bestätige ich. Claudia hat mich immer für einen Schürzenjäger gehalten, nie für einen Spieler.

– Sie haben nichts getan, um dieses Mißverständnis auszuräumen, stellt Lucia schonungslos fest.

– Das Spielen bringt nur für mich Probleme mit sich, sage ich zu ihr. Die Untreue bereitet auch den anderen Probleme.

Wenn ich die Konflikte aufrechne, scheint mir das Spiel weniger gefährlich zu sein.

– Und schon haben Sie eine positive Seite am Spiel entdeckt, höhnt Lucia. Wie auch immer, es wird Zeit, daß Sie anfangen, ein bißchen auf sich selbst zu hören, wenn Sie nicht spielen, und dies hier ist der richtige Ort dafür, sagt sie.

In der Tat, in dem kleinen Sprechzimmer, in dem sie mich empfängt, das mit einem schönen Teppich ausgelegt ist, und das mit seinem Trockenblumengesteck und den Bucheinbänden im Regal eine weibliche Note verrät, bin ich jemand, der sich selbst zuhört. Es ist nicht dasselbe, in einem inneren Strudel mit sich selbst zu reden, oder sich, ganz Ohr, in der Ruhe und Stille eines der Zeit und dem Raum enthobenen Sprechzimmers selbst zuzuhören. Private Praxen sind wie Flughäfen: Sie schweben, sie sind nirgendwo verankert. Gerade das Fehlen von Orientierungspunkten macht es möglich, uns selbst besser zu hören. Ich zahle also, um mir selbst zuzuhören.

– Hier kommt mehr dabei heraus, als wenn Sie für das Anhören der Bingozahlen Geld ausgeben, sagte mir Lucia zu Beginn, und ich mußte mir schon große Mühe geben, um ihr die Ironie nachzusehen.

Am meisten gefällt mir an dieser Psychotherapeutin, daß sie raucht. Sie ist nicht jenseits von Gut und Böse. Sie empfindet die innere Unruhe ihrer Patienten, macht sie zu ihrer eigenen und raucht wie sie. Obwohl vielleicht der eine oder andere Patient das Rauchen verabscheut, raucht sie ungerührt. Das macht sie verwundbarer, menschlicher. Sie raucht und schreibt, macht Notizen, dadurch wird sie mir ähnlich.

– Ich habe den Eindruck, sagt sie, daß Sie die Sehnsucht nach Claudia durch die Spielsucht ersetzen.

– Spielen, antworte ich, ist eine Art Rausch, den ich sonst nur mit Claudia erlebt habe, im Bett. Keiner von uns wollte als erster seine Ermattung zugeben, als wäre das eine Erniedrigung gewesen. Als hätte ich gedacht: »Ich werde sie so lange lieben, bis sie ›genug!‹ sagt«; und als hätte sie gedacht, »Ich werde ihn so lange lieben, bis er ›genug!‹ sagt«. Das ist nie vorgekommen. Jeder wollte unersättlicher sein als der andere.

– Warum mußten Sie sich etwas beweisen? fragt Lucia scheinbar naiv.

(Ich traue ihr nicht. Ich weiß, daß das eine Strategie ist).

– Um die Grenze zu überschreiten, antworte ich, und die Antwort fällt mir schwer.

– Um die Grenze zu überschreiten, wiederholt Lucia. Ich nehme an, daß sie einen Satz von mir nur deshalb wiederholt, damit ich ihn besser verstehe. Was haben Sie beide denn hinter der Grenze vermutet? fragt sie.

– Das Vergnügen bestand gerade darin, die Grenze zu überschreiten, bekräftige ich, während meine Kopfschmerzen anfangen.

– Wenn Sie beim Spiel einmal gewinnen, hören Sie dann auf oder spielen Sie weiter? will sie wissen.

– Ich spiele weiter, gebe ich etwas erschöpft zu.

– Hier handelt es sich auch darum, eine Grenze zu überschritten, folgert Lucia.

– Claudia hat noch nie Karten gespielt und hat auch noch nie ein Spielkasino betreten, werfe ich kleinlaut ein, als ob das ihre Interpretation in Frage stellen könnte.

– Wenigstens haben Sie bewiesen, daß Sie auch noch etwas anderes spielen können, stellt sie fest.

Aus der Sitzung komme ich wütend und schlecht gelaunt. Ich hätte Lust, einen Ball zu treten, ein Fenster einzuwerfen, Alarm auszulösen und pfeifend wegzulaufen oder eine Bank zu überfallen. Meine hohe Selbstachtung hindert mich daran, einer Frau vor mir in den Hintern zu kneifen. Da ich also keiner Frau in den Hintern kneife, spucke ich kräftig auf den Bordstein.

– Schwein, sagt eine dicke breite Frau zu mir im Vorbeigehen.

– Alte Sau, gebe ich zurück.

Zu allem Unglück haben wir heute abend in der Zeitschrift Redaktionsschluß. Was gibt es denn diese Woche? Na so was, der kleine Prinz hat sich beim Schifahren das Schlüsselbein gebrochen! Läßt sich die Tänzerin nun scheiden oder nicht? Die Tochter des Wirtschaftsministers ist in einer Diskothek ohne Slip gesehen worden. Der Tennisstar hat ein Verhältnis mit einem amerikanischen Model. Ein Fernsehansager wechselt zu einem anderen Sender. Geschmuggeltes Kokain in persischen Teppichen sichergestellt, Erdbeben in Guatemala. Ihr Wochenhoroskop, Skorpion: »Geben Sie nicht leichtsinnig Ihr Geld aus!« Verdammt noch mal!

Wenn die Spielsäle Bordelle sind, dann auch das Sprechzimmer der Psychotherapeutin und auch die Redaktion des Wochenblatts.

Die Unerschütterlichkeit eines leidenschaftlichen Spielers ist, wie bei einem Liebhaber, das sichere Anzeichen für eine Besessenheit, die beständiger ist als andere. Wer schreit, schimpft oder sich aufregt, ist möglicherweise freier als einer, der es mit seiner Leidenschaft so ernst nimmt, daß er sich nicht einmal das geringste erlaubt, was sich zwischen ihn und seine Abhängigkeit drängen könnte. Eigentlich bin ich sehr stürmisch, aber solange ich Claudia liebte, war ich, dem Anschein nach, kalt und verschlossen. Ich hatte mich immer unter Kontrolle, nie einen vorzeitigen Samenerguß, nie eine ungeschickte Zärtlichkeit; wie habe ich meine Qualen, meine Schrecken, meine Eifersucht, meine Besessenheit verborgen! Ich wirkte kalt, arrogant, wie ein Spieler, dem nur noch die Zahl einer einzigen Kugel auf der Karte fehlt, der sich aber durch nichts verrät. Ich glaube, daß ich, noch während ich in Claudia verliebt war, wieder anfing zu spielen. Ich spielte vor unseren Zusammenkünften, ich spielte, nachdem wir uns geliebt hatten, ich spielte bis spät in die Nacht hinein in Kasinos, wenn sie eingeschlafen war, und ich wach lag und nicht einschlafen konnte. Ich spielte, wenn sie mit ihrer Familie in Ferien fuhr, aber auch, wenn wir zusammen verreisten.

Bei denen, die ein Laster, eine Leidenschaft aufgegeben haben, spüre ich eine dunkle Sehnsucht. Es ist die Sehnsucht nach einer Abhängigkeit, die unsere Schwäche, unsere Verwundbarkeit bloßlegt. Zum Beispiel die, die von sich sagen, daß sie das Rauchen aufgegeben haben. Ich betrachte ihre Münder; ihnen scheint etwas Wichtiges zu fehlen. Das sind kastrierte Münder ohne Phallus. Sie sind wieder ernst geworden. Ihre tadelnden Blicke treffen alle, die sich, wie ich, in der Öffentlichkeit eine Zigarette anzünden, zur Umweltverschmutzung beitragen, Kohlendioxid ausstoßen und sich dem Risiko von Krebs und Infarkt aussetzen. Ebenso gleichen wir süchtigen Spieler irren, wahnsinnigen Kindern, die gebannt auf die weißen Kugeln starren, die unregelmäßig hochwirbeln, und die noch dazu eisig und ungerührt von einer Angestellten verlesen werden (die willkürliche Stimme Gottes?), die eine rote Uniform trägt und dieses Idiotenspiel satt hat.

Unser Leben hat sich befreit von einem absoluten Gott, den wir für einen Betrug an den Ungebildeten und Unwissenden halten, und sich dem Kult niederer Gottheiten ausgeliefert: dem Sex, dem Geld, der Selbstliebe, dem Spiel. Niemand vermag wirklich Atheist zu sein.

Letztes Jahr bin ich mit dem Zug nach Baden-Baden gefahren. Durchs Fenster habe ich die Landschaft betrachtet. Neben den Gleisen erhoben sich die gigantischen Blöcke riesiger, grauer, gespenstischer Zementfabriken, Röhrengewirr wie bloßgelegte Gedärme, zylindrische Phalli, die in den tiefhängenden Himmel ragen, Raketen eines Wirtschaftskrieges, der schon vor langer Zeit ausgebrochen ist. Einige haben ihre Produktion eingestellt, aber niemand macht sich die Arbeit, sie zu demontieren, so bleiben sie stehen, verlassen, wie gigantische Idole, niedere Gottheiten einer eitlen und zerstörerischen Zivilisation, deren dunkle Bedeutung spätere Zivilisationen zu entziffern versuchen werden.

Die Vegetation ist hier nahe der Grenze armselig und kümmerlich wie versteinerte Früchte eines alten Bauches nach den Wechseljahren. Die aschfarbenen kahlen Hügel sehen wie ausgepreßte Zitronen aus.

Der Zug fuhr durch dunkle Tunnel; später tauchte er wieder auf unter einem niedrigen, farblosen Himmel, und manchmal drang in das geschlossene Abteil der starke Verwesungsdunst der Fabriken, die Papier und synthetische Fasern herstellten. Wir schreiben, lesen und kleiden uns auf der Basis dieser industriellen Verwesung, die sich in Satin und Polyester verwandelt.

Bedächtig bin ich durch die Straßen von Baden-Baden geschlendert, bis ich auf die Spielbank stieß. Es ist ein alter eleganter Spielsaal vom Ende des letzten Jahrhunderts, mit mächtigen Lüstern und abgetretenen purpurfarbenen Teppichen. Die scharlachroten Samtvorhänge sind noch die selben wie damals, als Dostojewski hier spielte. Wahrscheinlich würde niemand mehr das alte Kasino aufsuchen, wenn es nicht überall Hinweisschilder gäbe, die an die Leidenschaft des russischen Schriftstellers, an seine Spielbesessenheit erinnern. Am Ende dieses Jahrhunderts, wo der Markt triumphiert, gibt es Abnehmer für alles.

Wer Dostojewski nicht gelesen hat und ihn auch nie lesen wird, läßt sich im Vestibül des alten Kasinos unter einer Fotografie des Schriftstellers oder unter einer Gedenktafel ablichten. Ich bin auch so ein Kunde. Ich konsumiere Erinnerungen, Illusionen, Phantasien wie jedermann. Wer hierher kommt ins Kasino von Baden-Baden, erwirbt für hundert Mark mehr als Roulette-Jetons, er kauft einen Nimbus, eine Legende, die Illusion einer romanhaften Vergangenheit. Die Jetons sind wie im vergangenen Jahrhundert aus Perlmutt. Mit Vergnügen streichele ich sie, habe ich sie bei mir. Ich liebe die wenigen Kasinos, die noch nicht zur amerikanischen Ästhetik übergelaufen sind, und die noch Perlmuttjetons haben, mit ihrem zarten Schimmer von Grau bis Rosa. Jeder Spieler hat eine Farbe, jede Zahl ein anderes Plättchen. Ich erinnere mich an Anaïs Nin, eine schöne europäische Emigrantin aus den Vereinigten Staaten: Sie bewahrte zusammen mit ihren schwarzen Seidenstrümpfen und ihren Spitzenstrumpfhaltern Perlmuttjetons in jeder Farbe auf. Blau: tausend alte Mark; goldfarben: fünftausend. Das längliche, hellblaue Plättchen war zwanzigtausend wert. Und der wunderbare orangefarbene Jeton, der wie die untergehende Sonne leuchtete, hunderttausend. »In ihnen kann man sich spiegeln«, sagte Anaïs, und ich nehme an, daß diese Eigenschaft, die so gut zu Träumern paßt, es ihr ermöglichte, die Langeweile jener Küstenstadt am Rio de la Plata auszuhalten, wo nur arme Emigranten und verfolgte Anarchisten landeten.

Der Direktor des Kasinos von Baden-Baden erklärte sich zu einem kurzen Interview bereit. Er ist klein und zurückhaltend, leitet das Kasino, als ob es ein Museum wäre, und er weiß genau, daß der Spielsaal seine Anziehungskraft zum größten Teil seiner Treue zur Tradition verdankt. Ich frage ihn, ob große europäische Vermögen immer noch wie in den alten Zeiten hierher kommen.

– Nein, mein Herr, antwortet er höflich. Heutzutage sind die großen Reichtümer anonym und gehen an die Börse, nicht ins Kasino. Wir sind demokratischer geworden, sagt er, und ich höre aus seinen Worten eine leichte Ironie heraus: lichtscheues Kapital, Schwarzgeld und dergleichen.

Zu seinem Leidwesen mußte er im Vestibül Computer aufstellen, um den internationalen Bestimmungen für Glücksspiele nachzukommen. Der Spieler oder die Spielerin müssen sich ausweisen, bevor sie den Saal betreten. Ungefähr zweitausend Spielern ist der Zugang verwehrt.

– Es ist schon eine Zumutung, sagt er mir im Vertrauen. Meine Angestellten sind in der Lage, sofort die Stammgäste wiederzuerkennen. Und die anderen, fügt er hinzu, die Gelegenheitsspieler, sind überhaupt nicht wichtig; keiner von ihnen stellt eine Gefahr für das Kasino dar. Früher, sagt er abschließend, wollten die Leute um ihrer selbst willen erkannt werden; heute sind sie stolz auf ihre Ausweispapiere, ihre Kreditkarten, Informationen auf Plastik.

Ich möchte wissen, ob er in letzter Zeit viele Schriftsteller im Saal gesehen hat.

– Nein, mein Herr, antwortet er. Es kommen Tennisspieler, Fußballer, Unternehmer, Schauspieler, Vertreter. Dostojewski kommt ihnen bekannt vor, nur wissen sie nicht woher. Sie setzen nicht viel ein; sie kommen vor allem, um sich unter dem Foto von Dostojewski ablichten zu lassen. Das Kasino schenkt ihnen die Aufnahme, fügt er mit ausdruckslosem Gesicht hinzu.

Das Interview ist für eine luxuriöse Reisezeitschrift in Spanien.

Hochglanzpapier, wunderschöne Fotos, herrliche Landschaften. Die teuerste und erlesenste Werbung auf dem Markt: Liköre, Markenuhren, Designeranzüge und -kleider, schnelle, technisch ausgefeilte Autos. Raubkatzen zwischen Seidenstoffen, exklusiver Designerschmuck vor dem Hintergrund von Bildern berühmter Maler. Die Maler starben vor Hunger und Kälte zu einer Zeit, als man noch für die Kunst starb, und malen oder schreiben Ausdruck von Heldentum oder Hingabe war. Die Zeitschrift verfügt über ausgezeichnete und gutbezahlte Mitarbeiter. Jaime, der Chefredakteur, war mit mir auf der Universität. Als er jung war, gründete er eine Zeitschrift, die kulturell und politisch links stand, eine jener Zeitschriften, die jedesmal erst nach unendlichen Schwierigkeiten und aufopferungsvoller Mitarbeit von allen, vom Drucker bis zum Verkäufer, erscheinen konnten. Mit der Zeitschrift identifizierte sich eine ganze Generation – und nach zwanzig Jahren ging sie ein. Vorbei war die Zeit der spät in der Nacht zwischen zwei starken Kaffees hektographierten Exemplare, die Zeit von Quickies hinter mächtigen Papierrollen und von philosophischen Diskussionen auf der Toilette. Ein Minister – Exkommilitone der Fakultät – machte ihn zum Chefredakteur der Tourismuszeitschrift. Jaime hat sich neu gestylt: jetzt trägt er Designeranzüge, hat sich ein Motorboot gekauft, hält sich kostspielige Freundinnen, organisiert Kreuzfahrten im Pazifik und benutzt eine Lederbrieftasche – von Cartier – für seine zahlreichen Kreditkarten. Die Zeitschrift ist sehr schön: Sie könnte ebensogut eine Kunstzeitschrift sein. Das Ministerium verteilt sie kostenlos an die großen Hotels, Vorzimmer von Generaldirektoren, an Flughäfen, Wartezimmer der berühmtesten Spezialisten und an die exklusivsten Privatklubs.

Den Artikel habe ich Jaime nur deshalb verkauft, weil ich einmal nach Baden-Baden wollte.

Dostojewski erzählt, daß man in diesem prächtigen Spielsaal, den reichverzierte Kristallüster und Tische mit Goldkanten schmücken, manchmal das dumpfe Geräusch eines Pistolenschusses hören konnte.

Gegenüber hat sich, genau wie vor hundert Jahren, unter einem dunklen Glasvordach mit vergoldeten gotischen Buchstaben das Leihhaus erhalten, wo Dostojewski gegen Bargeld zum Spielen die wenigen Schmuckstücke oder Möbel aus der Mitgift seiner Frau verpfändete.

Nie hat er ein Manuskript verpfändet. Man hätte ihm nichts dafür gegeben.

Heute gibt es fast keine Leihhäuser mehr. Jetzt haben wir Bankfilialen. Wir verpfänden keinen Schmuck, keine Möbel aus Familienbesitz: wir nehmen Hypotheken auf unser Leben auf, auf unsere Arbeitszeit, unsere Freizeit, unser Vergnügen. Vergnügen? In einer Welt, deren einziger Wert in der Nützlichkeit liegt, ist das Vergnügen das Unnütze, das, was zu nichts anderem taugt als zum Vergnügen.

– Das ist ein Spiel für Dumme, bemerkt eines Morgens am Tresen der Bar ein Stammgast, während ich goldene Münzen in den »CIRSA« stecke; unsichtbar programmiert von einem kleinen Chip wie einer vibrierenden Nervenzelle, erscheinen auf dem Schirm leuchtende Zeichen und verschwinden wieder (eine Birne, ein Apfel, eine Erdbeere, zwei Kirschen, ein Goldbarren und eine Pflaume).

– Da verliert man ganz blöde sein Geld, und gewinnen kann man auch nichts, läßt der Stammgast nicht locker, ohne den

Blick von mir abzuwenden. Ich frage mich, ob er auch wohl gerne spielen würde und nur fürchtet zu verlieren. Er weiß nicht, daß man verlieren muß, um zu gewinnen.

– Man spielt doch nicht, um Geld zu gewinnen, Mann, antworte ich.

Er sieht mich fassungslos an. Dann fragt er:

– Ja warum denn dann?

– Aus Spaß, sage ich und werfe noch eine Münze hinein.

Wie Dostojewski quälen mich allerdings, wenn ich viel Geld verspielt habe, die Gewissensbisse. Nicht nur in Gedanken an Bettler, Randgruppen, Arme und Kranke, sondern in bezug auf mich selbst.

Ich verfüge ebensowenig wie der große russische Schriftsteller über eigenes Vermögen, noch habe ich Aussichten, eins zu erben, noch besteht die Möglichkeit, eines durch jene geheimnisvollen Spekulationsvorgänge, die heutzutage so beliebt sind, zu erwerben. Das Geld, das ich jeden Monat verdiene, verdanke ich meiner Arbeit in der Zeitschrift, um die ich sehr beneidet werde, obwohl sie anstrengt und der Konkurrenzkampf groß ist. Ich bin nie reich gewesen und werde es auch nie sein, aber ich habe einen sicheren Beruf und bin fast vierzig. Zu alt, um freiwillig auf etwas zu verzichten, sage ich mir, besonders, wenn es sich um ein Laster handelt.

Mit vierzig ist alles erlaubt, weil irgendwie alles auch verloren ist.

Dostojewski wußte sehr wohl, daß ein Spieler nur Reue zeigt, wenn er verloren hat, niemals, wenn er gewinnt, oder wenn er zu gewinnen hofft.

Keine Stadt der Welt ist langweiliger als Sankt Petersburg. Was hätte Dostojewski dort machen sollen, bedrängt von seiner dümmlichen Familie, die er unterhalten mußte? Er flüchtet sich nach Baden-Baden und läßt seine junge Frau Grigorievna in Dresden. Er braucht Geld und eine verzehrende Leidenschaft. Aber Baden-Baden war damals eine ebenso langweilige Stadt wie Sankt Petersburg und so trist wie Berlin.

Dostojewski, ein genialer und reizbarer Mensch, hat nie eine ausreichend erschöpfende Tätigkeit gefunden, in der er seine Intelligenz, seine Begeisterungsfähigkeit, seine Energie und seinen Hunger nach dem Absoluten hätte ausleben können. Er hatte schon gezeigt, daß er Tolstoi und Turgeniev überlegen war. Tolstoi war, wie Balzac, ein »widerstandsfähiger Schriftsteller«, d.h. in der Lage, einen Roman von 500 Seiten zu schreiben, ohne daß ein einziger Satz sein Ureigenstes, seine inneren Ängste verraten hätte. Sie schrieben, wie man Fresken malt. Man findet dort die Epoche, die Geschichte, nicht aber die Träume, den Rausch, die Phantasien. Dostojewski hingegen beschrieb das Innere, das, was uns schwindelig macht, wenn wir uns hinauslehnen. Diejenigen, die sich in große Tiefen hinabbegeben, erleben an einem gewissen Punkt eine Art Trunkenheit des Verstands und der Sinne, man nennt das »le vertige des grandes profondeurs«. Dostojewski kannte das; er konnte immer nur eine Zeitlang an der Oberfläche leben (lange genug, um sich treiben zu lassen), dann tauchte er wieder unter.

Dostojewski hat geheiratet, aber er kann kein guter Ehemann sein. Die sanfte, junge Anna Gigorievna, die Tagebuch führt über läppische Dinge, regt ihn nur wenig an. Er flüchtet nach Baden-Baden, um sich einer ausschließlicheren Leidenschaft hinzugeben, dem Spiel. Und nur so kann er sich hinreichend schuldig fühlen (er verspielt all sein Geld, verpfändet Annas Schmuck, die Familienmöbel und sogar seinen Mantel), um sie wieder zu lieben, um zu bereuen und sich nach ihr zu sehnen.

Manche können nur lieben, wenn sie sich schuldig fühlen.

Ich habe bei der Bank einen Kredit aufgenommen. Ich habe jetzt Schulden, nun kann ich mich verlieben.

In einem Brief Dostojewskis an Anna (in seinen Anfällen von Schuldgefühl nennt er sie Annuschka): »Ich habe mehr verspielt, als es meine Mittel erlauben«.

Nach einer erlebnistrunkenen Nacht in der Spielbank von Baden-Baden (um Mitternacht hatte er ein Vermögen gewonnen, es drei Stunden später wieder verspielt sowie Annas Ohrringe verpfändet), schreibt er in sein Tagebuch: »Überall und mein ganzes Leben lang habe ich Grenzen überschritten.«

Der erste Spielautomat (die *Slot machine*) wurde von einem Mann namens Charles Frey aus San Francisco erfunden. Er taufte ihn »Liberty Bell«, und stellte ihn in seinem geheimen Spielsalon auf. Später ging er nach Chicago, wo er weitere Automaten herstellte, jeder mit anderer Ausstattung, aber immer nach demselben Schema: Ein mit bunten Lämpchen geschmückter Kasten, der einen den Registraturkassen ähnelnden Klang von sich geben konnte. »Liberty Bell«, ein schöner Name. Licht und Musik: ein kindlicher Reiz, ohne Frage, aber sehr erfolgreich, er läßt uns zu Kindern werden, die sich über die Zylinder wundern, aus denen Taschentücher und Kaninchen gezogen werden. In diesen modernen Büchsen der Pandora sind die Taschentücher Erdbeeren, die Kaninchen Äpfel, und irgendwann erscheint die Gewinnkombination, die Ströme von Münzen wie ein Wasserfall auslöst. »Goldregen« taufte ein spanischer Hersteller seine Version des Spielautomaten.

– »Goldregen« heißt auch eine sexuelle Dienstleistung, die in den Zeitungen annonciert wird, sage ich zur Psychotherapeutin. Wasserfall, Strahl, Orgasmus: der Vergleich ist nicht besonders geheimnisvoll, füge ich hinzu.

– Wenn er das wäre, gäbe es nicht so viele Süchtige, stimmt mir die Psychotherapeutin zu.

– Aber in den Spielsälen zirkuliert das Geld wie verrückt von Hand zu Hand, vom einen zum anderen, wie das Verlangen, sage ich. Das Verlangen, das in der Luft schwebt, sich einen Augenblick setzt, um uns schon wieder zu verlassen.

– Der Spieler möchte es sicher behalten, interpretiert Lucia. Er träumt davon, alles Geld zu gewinnen, *alle* Runden, damit das Verlangen zu spielen aufhört.

– Verlangen laugt aus, gebe ich zu.

– Aber nicht mehr verlangen macht krank, doziert Lucia. Die Sprechzimmer und die psychiatrischen Abteilungen sind voll von diesen Kranken, sagt sie.

Nach der Sitzung habe ich in der nächsten Bar einen Kaffee getrunken. Da stand auch eine blonde, grell bemalte *Slot machine*, die einen Schlager dudelte, aber ich habe sie nicht beachtet.

– Ebensowenig gibt es die Verpflichtung, immer Verlangen zu haben, hatte mir Lucia zum Abschied gesagt. Das ist wahr: Manchmal ist es angenehm, bequem und entspannend, kein Verlangen zu haben.

Ich arbeite bei einem sehr bekannten Wochenblatt. Sensationspresse, große Auflage, bunt, mit vielen Fotos und wenig Text. Sie fehlt in keinem Frisiersalon (weder in den bescheidenen, noch in den luxuriösen, durchgestylten), auch nicht in den Supermärkten zwischen Tomatenpüree und Gummihandschuhen. Sie liegt in den Wartezimmern der Ärzte, Zahnärzte und Rechtsanwälte aus. Die Vulgarität ebnet die Unterschiede ein: es lesen sie gleichermaßen die Gräfin wie ihre Dienstmädchen, der Bankdirektor wie seine Kunden, die Abgeordneten wie die Wähler. Sie schafft es immer, an der Spitze der Verkaufsstatistik zu stehen, Jahr für Jahr. Was verkauft sie? Sie verkauft Skandale, Exklusivreportagen von Hochzeiten berühmter Leute, Nacktaufnahmen von Unbekannten oder von Prominenten, sie verkauft Flugzeugabstürze und Naturkatastrophen, neue Mittel und Wege, um abzunehmen oder das Leben zu verlängern, das Gesicht zu verändern oder seine Beziehung oder seinen Beruf. Vor allem verkauft sie Brüste und Popos. Die Fotos sind so groß und »sprechend«, als wären sie für eine Leserschaft von Kurzsichtigen bestimmt. Nicht die Stimme oder das Wort spricht, sondern das Bild. Wir haben die weltberühmtesten Brüste und Popos publiziert; Hormonbrüste und Hängebusen, Pfirsichbrüste und Birnenbrüste, authentische Brüste und operierte; ausladende Hinterteile wie Kübel und schmale, eingezogene, schüchterne Hintern; Hinterteile in ihrer ganzen Breite und im Profil, von Sängern und Schauspielerinnen, von Müttern, von Töchtern und von Gräfinnen, von Großmüttern und von Enkeltöchtern; Unternehmerärsche, Kabarettistenärsche und Ärsche von Nonnen, die ihr Ordenskleid an den Nagel gehängt haben, Titten von Huren und Lesben, von Transvestiten, Krankenschwestern und Tänzerinnen. Was so lange Zeit verborgen, eingeschlossen war, drängt ans Licht und explodiert übergroß.

Silikonbrüste, Hängebrüste, runderneuerte Brüste, rote Nippel, dunkle Nippel, braune Nippel, blaue Nippel; rasierte Schamhügel, Schamhügel mit Goldsternchen, dreieckige, ovale, konkave oder konvexe Schamhügel. Wir verkaufen auch »exotischen Sex«, »malerischen Sex«, der ist für die gelangweilten, müden westlichen Körper, die es leid sind, sich in anderen, ihnen ähnlichen Körpern widerzuspiegeln, d.h. blaß wie sie, schlaff wie sie, die genug haben von Proteinen und Kohlehydraten: Junge Menschen aus der Dritten Welt, Männer und samthäutige Frauen, dunkel schimmernde Augen, breite, fleischige Lippen, breite Nasen, vorstehende Backenknochen, unter der tropischen Kleidung das pralle Geschlecht. In katzenartigen Posen in einem Dekor von üppigen Pflanzen und Blüten, weißen Pferden, verlockenden Früchten. Manchmal texte ich die Unterschriften zu diesen Fotos in konventionellem, schlüpfrigem Stil, voll von Gemeinplätzen: »Der geheimnisvolle Zauber exotischer Körper, unbekannter Gegenden«. »Leidenschaftlicher Blick einer brünstigen Wölfin«. »Der Reiz einer Samthaut«. In einer anderen Spalte Informationen von Reiseveranstaltern, die Flug, Hotel und Liebesdienste zu günstigen Bedingungen anbieten: Taiwan, Paraguay, Bolivien, Philippinen.

Ich habe ein eigenes Büro, Telefon, Faxgerät, Kopiermaschine, Schreibcomputer, eine Sekretärin, einen Hausapparat, mit dem ich direkt mit dem Büro des Chefs verbunden bin (dem hypochondrischen Dickerchen) und ein unbegrenztes Budget, um Exklusivrechte kaufen zu können. Mir stehen auch ein paar Volontäre zur Verfügung, die gerade die Fakultät beendet haben und bereit sind, mit Feuereifer gleich welche Arbeit zu übernehmen, sei sie auch noch so schmutzig oder dumm. (»Ergebenheit ist wichtiger als Leistung«, ist ihnen zu Hause, in der Schule und auf der Universität eingetrichtert worden.)

Ich verschanze mich hinter meinem Computer, vor mir ein Schreibtisch voller Fotos, Papiere und Faxfahnen, und hole hinten aus einer Schublade französische Karten mit schwarzen Piks, schwarzem Kreuz und blutroten Herzen. Gestern Abend habe ich vor dem Einschlafen aus einem Buch über Kartenspiele eine neue Patience gelernt. Jetzt will ich sie ausprobieren.

Meine Sekretärin klopft an die Tür meines Büros. Sie klopft schüchtern an, wenn sie aus eigenem Antrieb kommt, und sie klopft energisch an, wenn sie vom Chef geschickt wird. Der Chef schickt sie zu mir, wenn er absolut schlechte Laune hat und Distanz und Zurückhaltung zwischen uns wahren will.

– Kommen Sie herein, fordere ich Flora auf, während ich ein Pik suche, das am besten in meine Patience paßt.

– Der Chef wünscht, daß Sie nach San Sebastian fahren, teilt mir Flora mit. Ich habe Ihnen schon das Ticket bestellt.

– Pik oder Herz, was ziehen Sie vor? frage ich sie und lege eine Reihe von Karten auf dem Tisch aus.

– Am besten gehen Sie sofort zu ihm, denn er hat schlechte Laune. Außerdem tut ihm eine Seite weh, sagt meine Sekretärin.

– Die linke oder die rechte? frage ich, ohne mich zu rühren. Wenn es die linke ist, hat er eine Lungenentzündung, wenn es die rechte ist, sind es Blähungen, sage ich zu ihr. Wieder ein Interview mit einem Terroristen?

– Ich glaube ja, antwortet Flora, errötend, denn sie möchte nicht gern dem Chef gegenüber illoyal sein, und sie sieht es auch nicht gern, wenn ich Karten spiele.

– Sie hätten besser Herz gewählt, und ich zeige ihr eine blutrote Fünf, Sie können weiterspielen, wenn Sie wollen, höhne ich.

Ich gehe durch den Raum voller Schreibtische und geschäftiger Mitarbeiter, die telefonieren, in Zeitungen und Zeitschriften blättern, Agenturen anrufen, lange Faxfahnen lesen und herumschimpfen. Wir sind aktuell, da gibt es keinen Zweifel. Aber die Aktualität scheint mir ein verrotteter Hohlspiegel zu sein, voll Lärm und Abfall, aus dem eine klebrige, bittere Substanz wie Gift tropft. Die Aktualität, so klangvoll wie hohl, so faszinierend wie schal. Und wie die Aktualität täglich wechselt!

Tatsächlich, dem Chef tut die linke Seite weh.

– Ich muß mir eine Lungenentzündung geholt haben, sagt er zu mir. Seine Gesundheit, die er für sehr heikel hält, ist eine Angelegenheit zwischen ihm und mir, wie die Exklusivberichte, die großen Reportagen und die Fotos. Jeden Mittwochnachmittag, wenn wir Redaktionsschluß haben, glaubt er, krank zu sein.

– Seltsam, bringe ich vorsichtig vor, du bist nicht viel unterwegs: von der Redaktion nach Hause, von zu Hause ins Restaurant, und immer mit dem Wagen.

– Ich muß mich gestern im Wohnzimmer erkältet haben, fügt er sehr besorgt hinzu. Ich habe mir bis eins einen Film angesehen, und meine Frau hatte die Heizung abgedreht, weil sie meinte, es sei zu warm.

– Hitzewallungen sicher, sage ich, um ihm mit einem fremden Körper abzulenken. Aber du siehst gesund aus und gar nicht krank, versichere ich ihm.

– Das wird sich noch herausstellen, sagt er ungläubig, ich fühle mich etwas fiebrig.

– Aber du, fährt er mit lauter Stimme fort, du mußt nach San Sebastian. Wir haben das Interview bekommen. Es hat mich viel Zeit und Geld gekostet; mach dich also sofort auf, und laß von dir hören, wenn du angekommen bist. Ich warte auf deinen Anruf.

Flora hat die Herzen und die Pik auf dem Tisch so liegengelassen, wie ich sie angelegt hatte. Da liegen sie wie verwelkte Blumen mit ihren dunklen Vorhersagen.

– Im Altertum, sage ich etwas später zur Psychotherapeutin, gehörten die Zahlen zur Religion. Sie waren magische Zeichen, die man deuten mußte, wie die Bahnen der Sterne, die Eingeweide der Tiere und den Flug der Vögel. Die Sieben war zum Beispiel eine der heiligen Zahlen wie die Drei. Sie hatten nicht eine einzelne Bedeutung, sondern mehrere, und zusammen mit anderen Zahlen gewannen sie noch weitere Bedeutungen. Vielleicht, so meine Vermutung, ist das Spiel eine späte und diese substituierende Erscheinungsform der Religion.

– Zweifelsohne, sagt sie, aber dieser Ursprung rechtfertigt nicht Ihre Sucht, wie sich auch der Fanatismus oder die Frömmelei nicht nur aus religiöser Inbrunst erklären, fügt sie hinzu. Wir wollen hier nichts anderes herausfinden als Ihre persönlichen Motive für das Spiel. Wenn Sie sich anthropologisch für Zahlen interessieren, dann erforschen Sie sie, aber das ist nicht unsere Aufgabe.

Aus einer persönlichen Leidenschaft etwas anderes machen: das hat Dostojewski nach Baden-Baden fertiggebracht.

Ich frage mich, ob ich zu solch einer Sublimation in der Lage gewesen wäre.

– Ich muß geschäftlich nach San Sebastian, teile ich Lucia mit.

– Um sich zu entgiften, kommt Ihnen der Tapetenwechsel nicht ungelegen, sagt die Psychotherapeutin, obwohl Sie eigentlich länger aussetzen sollten.

– Ich weiß gar nicht, ob ich das will, sage ich ganz offen.

– Manchmal weiß man nicht, was man will, gibt sie zurück.

Die Weisheit des Orients: Abwesenheit des Verlangens. Eine strikte Disziplin, ein Aus-der-Welt-gehen, um alle Wünsche abzutöten. Aber ich lebe doch in der Welt!

Ja mehr noch, ich lebe sogar von der Aktualität.

– Gute Reise, sagt Lucia zu mir am Ende der Sitzung, und ihr Abschied tröstet mich. Die Kunst des Beendens: Ein guter Schriftsteller und ein guter Psychotherapeut müssen die Kunst beherrschen, sich vom Leser und vom Publikum bis zum nächsten Kapitel, bis zur nächsten Sitzung zu verabschieden.

Es muß ein Schluß sein, der die Spannung nicht unterbricht, sondern sie am langen Zügel hält, denn wenn diese unsichtbare Verbindung bis zum nächsten Kapitel, bis zur nächsten Sitzung nicht besteht, dann könnten sie ihre Leser oder ihre Patienten verlieren. Hierbei, wie bei allem, geht es um die Kunst des Verführens, vielleicht die einzige Kunst auf dieser Welt.

Die Runden eines Spiels heißen meist »Partie«. Es gibt Partien beim Poker, beim Bingo, beim Bridge, beim Roulette, beim Billard und beim Mußspiel. Ich denke über den Ausdruck nach. Eine Partie bedeutet manchmal auch Teil eines Ganzen und manchmal eine reiche Heirat. Wovon, von wem bin ich ein Teil? Wohin, zu wem zieht es mich? Was suche ich? Den orgastischen Augenblick des Triumphs. Andere beten ihn in der gleichen Situation halblaut herbei: »Die Achtundzwanzig. Die Achtundzwanzig. Die Achtundzwanzig«. Wieder andere werfen ihre Karten auf den Boden und starren auf den Videoschirm, auf dem umständlich und langsam die Kugeln erscheinen.

Salvador, ein hochangesehener Spieler (wegen seiner stolzen Haltung dem Glück gegenüber), war in der Lage, die fünfzehn Zahlen auf einer gerade erst gekauften Karte nach nur einem kurzen Blick im Gedächtnis zu speichern. Er wiederholte die Zahlen, steckte sich eine Zigarette an und hörte sich, ohne etwas anzukreuzen, die monotone Ansage der Zahlen an. Er irrte sich nie: Er sagte »Linie« oder »Bingo«, ohne auf die Karten zu schauen, nur mit Hilfe seiner fotografisch genauen Erinnerung. Dieses Talent entmutigte die Spieler in seiner Nähe, und Salvador wußte intuitiv, daß die psychische Wirkung auf die anderen der beste Trumpf ist, um das Glück anzulocken.

Das Angenehmste an meinem Beruf ist, daß ich nicht an einen Ort gebunden bin. Heute in Barcelona, morgen in Paris und nächste Woche in London. Eine leichte Tasche mitnehmen und von dem Moment an sich selber auch leicht fühlen, unbeschwert sein: eine Transit-Existenz, jemand, der sich leicht von seiner Vergangenheit trennt, und dessen Zukunft mit ihm davonfliegt. Mir gefällt das Leben im Hotel; wie im Flughafen ist man auch im Hotel immer ein Durchreisender. Es ist ein abgehobener Raum, ohne Tradition, ohne Geschichte, ohne Wurzeln. Es spielt keine Rolle, wo man geboren ist, aus welcher Familie man kommt. In den Hotels spricht ein Schweizer mit einem Engländer, ein Andalusier mit einem Katalanen, ein Amerikaner mit einem Araber.

Ich bin nach San Sebastian geflogen. Das Interview hatte ich so schnell wie möglich hinter mich gebracht (ein politischer Terrorist, berauscht von Heldentum und von ideologischen Verschrobenheiten, – wenn man einen kennt, kennt man sie alle), und ich beschloß, das Hotelleben voll zu genießen sowie die Tatsache, nur kurz zu bleiben, die Rechnung bezahlt zu bekommen und keine Unannehmlichkeiten in Aussicht zu haben. Es war ein englisches Hotel, hochherrschaftlich und heruntergekommen, es lag an der Promenade mit ihrem weißen Geländer und den blühenden Tamariskenbäumen; früher wohnte hier der müßige Adel, doch jetzt steigt das erfolgreiche geschmacksunsichere Bürgertum hier ab.

Mitten in der Halle steht ein alter schwarzer Flügel, auf dem in dieser Dämmerstunde, wenn sich die Schatten einnisten und die Stillaternen der Promenade angehen (elegant sind sie mit ihrem Hut wie die Damen früher), ein Pianist um die fünfzig mit dünnem grauem Haar, Melodien aus den 40er Jahren spielt; einfühlsam, etwas nostalgisch wie ein Überbleibsel aus einer abgelebten Epoche. Ein Dinosaurier.

Das Kasino im Kursaal befindet sich ein paar Schritte vom Hotel entfernt, aber ich war nicht bereit, die zu gehen. Ich fühlte mich wohl in meiner weißen Hose, meinen Segeltuchschuhen, dem rosa Hemd und dem blauen Sakko. Manchmal, nur ganz selten, tue ich das, was viele Frauen tun: selbstverliebt schmücke ich mein Äußeres. (Die Frauen würden *Körper* sagen. Wir Männer haben ein Äußeres, die Frauen haben einen Körper. Der Unterschied, sanktioniert vom Sprachgebrauch, gibt sowohl die Abneigung der Männer zu erkennen, als Gegenstand betrachtet zu werden, als auch das sadistische Vergnügen, den Frauen gerade diese Objekthaftigkeit zuzuschreiben).

Ich hatte beschlossen, nicht zu spielen, und diese Entscheidung trug zu meiner Selbstachtung erheblich bei. Ich war ein freier Mensch, ohne Laster. Ich dachte an Dostojewski. Während er nächtelang wie ein Besessener, wie ein vom Teufel Besessener spielte (kann man überhaupt anders spielen?), und morgens mit heftigen Anfällen von Reue zu kämpfen hatte, schrieb Dostojewski die dramatischsten Seiten von »Der Idiot«. Zwei intensive, obsessive, ausschließliche Tätigkeiten: spielen und schreiben. Dostojewski zog es hin zu den grünen Roulette-Tischen, wo er verlor, gewann, um wieder zu verlieren, gefangen im Strudel unrealisierbarer Träume (im Grunde kann niemand das gewinnen, was er gewinnen möchte), er spielte, bis das Kasino seine Tore schloß, und dann, unter demselben inneren Drang, ohne das Bedürfnis zu schlafen, machte er sich daran, das frommste Buch der Welt zu schreiben. Zwei fieberhafte Tätigkeiten, zwei mächtige Energieströme, die brodelten, sprudelten und im Überschäumen das Universum erschütterten. Gischt der Leidenschaft; wahrscheinlich hätte er während dieser Zeit überbordender Kraft auch ein wunderbarer Liebhaber sein können, aber die kleine, sanfte Annuschka begriff die Exzesse ihres Ehemannes nie, und er fürchtete, sie zu verletzen. Ein Mann, der eine ganze Stadt hätte befruchten können. (Jemand beschuldigte ihn, auf einer Toilette versucht zu haben, ein kleines Mädchen zu vergewaltigen. Sein Töchterchen Sonja war gerade gestorben, und er war verzweifelt. Bei einem Menschen seines Temperaments hat jede Äußerung, selbst die Zärtlichkeit, Libido-Charakter. Spielen. Schreiben. Die Tochter lieben.)

Ich machte es mir in einem roten abgewetzten Ledersessel bequem, rings an den Wänden englische Stiche mit Jagdszenen und Schiffbrüchen. Alte, aufgedonnerte Frauen mit Wangen, auf denen Staub zu liegen schien, tranken duftenden Tee und unterhielten sich gedämpft. Auch die wenigen Männer, die sich in der Halle aufhielten, waren ziemlich alt; sie hatten Mühe, ihre zittrigen Glieder unter Kontrolle zu halten (Parkinson erwartet uns im Alter wie eine Demütigung), und blickten verloren auf das immer dunkler werdende Meer hinaus.

Und plötzlich kam wie ein Lichtblick in die elegante matte Hotellandschaft ein sehr schlankes, hochgewachsenes Mädchen mit schulterlangen glatten Haaren. Sie war jung, dynamisch und locker und wandte sich sofort mit einer Vertrautheit an die Hotelangestellten, die nicht nur an der gemeinsamen Altersstufe zu liegen schien. Ich mußte lächeln. Was hatte dieser frische jugendliche Windstoß in dieser ruhigen, gesetzten, leicht vergreisten Atmosphäre eines englischen Hotels für Rentner zu suchen? Sie setzte sich an den Tresen, bestellte einen Gin-Fizz und scherzte mit dem Kellner. Der Pianist spielte gerade eine meiner Lieblingsmelodien. Die Musik ist ein gutes Thema, um ein Gespräch anzufangen: Sie hatte mir einen frechen Blick zugeworfen (ich habe eine Schwäche für herausfordernde Frauen), und ich näherte mich dem Tresen. Sie wußte nicht, daß das *Stormy weather* war. Eigentlich ziehe ich Rock vor, sagte sie. Diese ganz romantische Musik, fügte sie hinzu, erscheine ihr etwas altmodisch.

– Dann bin ich wahrscheinlich auch altmodisch, gestand ich.

– Ach was, erwiderte sie offenherzig, du bist sicher nicht älter als vierunddreißig.

– Leopardi hat gesagt, daß der Tod der Vater der Mode ist.

– Wer ist Leopardi? Ein Fußballspieler? Ich finde Fußball entsetzlich, meinte sie.

Sie hieß Magda. Das Hotel gefiel ihr nicht, sie fand es alt und dekadent, aber ihr Vater wohnte hier zwei Monate im Jahr, und sie wollte ihn besuchen und Geld von ihm haben. Ihr Vater war reich – ihm gehörte eine Kette von Schuhläden überall im Land –, aber er war geizig. Sie wollte wissen, was ich mache, und ich sagte ihr, daß ich Journalist sei. Das fand sie toll, stark, ohne zu erklären, warum. Auch sie wäre gern Journalistin geworden, obwohl sie eigentlich am liebsten Comics gezeichnet hätte. Ich gestand, daß ich davon nichts verstünde, worauf sie meinte, das sei überhaupt nicht schlimm, denn sie läse z.B. keine Zeitung. Sie sähe die Nachrichten im Fernsehen. Sie sei auf eine englische Schule gegangen, von der sie aber wegen eines Streichs, den sie einer Lehrerin gespielt habe, geflogen sei. Das sei eine unangemessene Reaktion gewesen, aber sie sei dankbar dafür, weil sie sich seitdem frei fühle. Sie fragte mich, ob ich etwas Kokain hätte, ich sagte, leider nicht, nur Zigaretten.

Blonde schmeckten ihr auch nicht, sie rauchte lieber schwarze, aber schließlich nahm sie eine Lucky. »Man stirbt, wenn man nur Tabak raucht«, verkündete sie.

Als wollten sie die Gäste auffordern, sich zurückzuziehen, hatten die Kellner eine ganze Lichterreihe in der Halle ausgeschaltet. Ich glaube, daß die Melodien des glänzenden Flügels mit seiner Zahnreihe aus gelblichem Elfenbein dafür verantwortlich waren, daß es in meinem Muskelanhängsel am Unterbauch kribbelte, und ich gab ihm im stillen den Befehl, sich zu beruhigen. Wir Männer reden normalerweise mit unserem Geschlecht, als ob es sich um einen Freund oder einen Feind handelt, der mit uns zusammenlebt. Ich vermute, daß die Frauen keinen so direkten Umgang mit ihrem Geschlecht haben, vielleicht, weil es innerlich ist. Unseres dagegen ist äußerlich, ein Anhängsel, ein Banner, launisch, egoistisch und kindlich.

Magda erzählte mir, daß sie vor zwei Jahren hier in diesem Hotel ihre Flitterwochen verbracht habe. Ich wunderte mich, daß sie verheiratet war; das paßte nicht zu ihr.

– Ist das Hotel hier denn nicht zu romantisch für dich? fragte ich.

– Mein Vater hat doch alles bezahlt, er hatte auch die Idee. Ich glaube, er ist irgendwie auf dieses Hotel fixiert.

Wenn ich etwas auf dieser Welt nicht ausstehen kann, dann dies: daß eine Frau mir ihre Familienangelegenheiten erzählt, während ein Klavier spielt und mein Geschlecht erigiert ist. Ich spreche nicht über meine beruflichen Probleme im Bett. Falls es zu größeren Vertraulichkeiten kommen sollte, dann wäre es das beste, sich kurz zu fassen, und so fragte ich sie:

– Bist du immer noch verheiratet?

Sie trank ihren Gin-Fizz aus und antwortete:

– Nein. Natürlich nicht. Ich muß betrunken gewesen sein, als ich geheiratet habe.

Endlich waren wir einer Meinung: Nur ein völlig betrunkener Mann heiratet, nur eine völlig betrunkene Frau heiratet. Diese Übereinstimmung gab meinem männlichen Glied außergewöhnliche Kraft.

– Ich mag dich, sagte ich.

– Ich mag dich auch, sagte sie.

»Mögen« ist ein ausgezeichnetes Wort für menschliche Beziehungen. Es betont die Vorherrschaft des Sinnlichen. Ich mag deine Haut, deine Brüste, deinen Mund, deinen Hals, deinen Nacken, deine Achselhöhlen, deinen Venusberg, dein Geschlecht: du magst meine Ohren, meine Wangen, mein Kinn, meine Schultern, meine Finger, meine Fingerkuppen, meine Beine.

Wir gingen scherzend aufs Zimmer. Vom Fenster aus sah man auf den Strand, der zu dieser Tageszeit von den weißen Laternen der Promenade beschienen wurde. Man konnte die sanfte Brandung des Meeres hören.

Sie bat mich, das Fenster zu schließen. Es mache ihr keinen Spaß, bei dem Lärm zu vögeln, den die Wellen schlügen. Diese Aussage führte zu einem leichten Abschwellen meines Penis, dieses übersensiblen Kerlchens. Damit er sich wieder erholen konnte, wollte ich Magda ausziehen, ihre Brüste unter dem Pullover freilegen, aber sie sagte, daß sie sich lieber selbst auszöge; ausgezogen werden wäre für sie demütigend. Sie schlug vor, uns gleichzeitig vor dem großen Spiegel des Schranks auszuziehen. Das war nicht gerade mein Lieblingssport, aber es schien mir ratsam, nicht über diesen Punkt zu streiten. Während ich auf der Bettkante sitzend meine neuen weißen Segeltuchschuhe abstreifte und sie, neben mir, ihre hellbraunen Mokassins, kam es mir vor, als handelte es sich um ein Schülerspielchen, als ob wir beide, sie und ich, Klassen- und Stubenkameraden wären, die sich nach einer Schulfeier ausziehen, und dabei über ihre Zehen und die Haare auf dem Rücken lachen. Mir wurde klar, daß unsere Liebesnacht, sollte sich dieser Vergleich erhärten, in einer Katastrophe enden würde. Kameradschaftsgefühle erregen mich nicht.

Als wir endlich nackt waren, nahm sie mich bei der Hand und führte mich vor den großen Spiegel des Kleiderschranks. Es sah aus wie eine unschuldige Fotografie, frei von jedem Übel. Adam und Eva im Paradies bei einem Spaziergang. Eva betrachtete mich jedoch mit Vergnügen.

– Du bist gut gebaut, meinte sie, während sie meinen nackten Körper musterte. Ich dachte, daß die Wege der Wollust ohne Zahl, unbekannt und auf jeden Fall individuell sind.

– Du auch, antwortete ich einfallslos.

Die Wege der Wollust sind ohne Zahl: mir schien es geraten, nicht die Initiative zu ergreifen; sie war ein starkes, sehr kameradschaftliches, aber entschlossenes Mädchen.

– Wenn's schnell geht, macht es mir keinen Spaß, warnte sie mich. Gut, daß wir darin übereinstimmten. Immer noch nackt, führte sie mich bei der Hand ans Bett, wir legten uns mit dem Gesicht zur Zimmerdecke hin und fingen an, uns langsam zu streicheln, während wir eine Zigarette gemeinsam rauchten. Sie erzählte mir, daß sie mit der Vagina rauchen könnte. Nun gut, und ich kann mit dem Penis Klavier spielen, wie Errol Flynn.

Sie lachte und meinte, daß ich am nächsten Morgen eine öffentliche Vorstellung in der Bar des Hotels geben müßte. Ich antwortete, daß mir nur private Skandale gefielen, weil ich für eine Zeitschrift arbeite, die sich um öffentliche kümmert. Dann erzählte ich ihr einen alten Film, »Naked Jungle«, in dem Charlton Heston und Eleanor Parker eine leidenschaftliche Beziehung darstellen (die ewige Haßliebe, damit kann ich überhaupt nichts anfangen, war Magdas Kommentar). Ich erinnerte mich deshalb, weil ein ungeschickter Drehbuchautor Heston das Bild von der Frau als bespieltes oder unbespieltes

Klavier in den Mund legt, und die arme Eleanor Parker sagen muß: »Gut bespielt klingt es besser«.

– Entweder bist du älter, als du aussiehst, oder du verstehst was von der Sache, meinte Magda genau in dem Augenblick, als ich mit einer einzigen sicheren, schnellen Drehung von der üblichen Missionarsstellung (die ich am liebsten mag, ich bin eben konservativ) in die der Eingeborenen wechselte. Sie war nun der Missionar, und in dieser Rolle schien sie sich so richtig wohl zu fühlen.

Dostojewski war der Meinung, daß es nur zwei wahrhaft große Gestalten der Weltliteratur gäbe: Don Quijote und den Fürsten Myschkin, seinen Idioten.

Als der dominierende Missionar und die unterwürfige Eingeborene gleichzeitig zum rauschhaften Höhepunkt kamen – eine immer zweifelhafte Gleichzeitigkeit –, fragte mich Magda:

– Wie heißt du?

– Myschkin, antwortete ich.

Sie lachte, ohne etwas zu begreifen.

– Sind deine Eltern Russen?

– Nein, sagte ich.

Die beste Zigarette überhaupt ist die danach.

– Manchmal habe ich den Verdacht, daß ich nur deshalb vögele, um die Zigarette besser genießen zu können, sagte Magda. Noch eine Übereinstimmung zwischen uns.

Bei der zweiten ist es schon nicht mehr dasselbe.

– Ich muß jetzt gehen, flüsterte Magda, als sie zufällig auf die Armbanduhr sah, die neben dem Bett auf dem Teppich lag. Weißt du, auf welcher Etage mein Vater wohnt, fragte sie mich hastig.

– Ich kenne deinen Vater ja gar nicht, sagte ich.

– Das ist auch egal, ich werde ihn schon finden, meinte Magda. Drei Uhr morgens ist eine gute Zeit, ihn zu besuchen. Er schläft nicht. Er leidet an Schlaflosigkeit, fügte sie hinzu.

Vom Bett aus sah ich ihr beim hastigen Anziehen zu und wie sie ihre Sachen zusammenraffte.

– Bis bald! Du warst sagenhaft, rief mir Magda – schon in der Tür – zu und warf mir noch einen Kuß herüber.

Ich sah auf die Uhr. Tatsächlich, es war drei Uhr früh. Noch eine Stunde bis zur Schließung des Kursaals. Eine Stunde, ausreichend Zeit, um zu verlieren, ausreichend Zeit, um zu gewinnen. Ich fingerte nach meiner Leinenhose, dem Hemd, dem Sakko. Gut, daß das Kasino nur ein paar Schritte vom Hotel entfernt war. Der verwaiste Aufzug öffnete sich unten in der Halle, ich ging zum Ausgang. Die Leuchtschrift des Kursaals hatte Buchstaben, die mein Gesicht in rosa Licht tauchten. Ich ging hinein. Meinen Personalausweis reichte ich mit innerer Gespanntheit den Angestellten am Eingangstresen.

– Danke, mein Herr, sagte man, als man ihn mir wieder aushändigte.

Ein Türsteher in schwarzer Livrée und weißem, gestärktem Hemd öffnete mir die Tür.

– Vierundzwanzig, schwarz! hörte ich als erstes am Tisch in nächster Nähe des Eingangs.

Wenn ich ein paar Minuten früher gekommen wäre, hätte ich gewonnen; auf die 24 setze ich regelmäßig. Ich seufzte betrübt: Jetzt mußte ich mich konzentrieren, zusehen, daß ich noch einmal Glück hätte.

Ich kramte in der Tasche meines Sakkos nach der Brieftasche, um Geld zum Spielen herauszunehmen. Ich wollte auf 18, rot, und auf 17, ebenfalls rot, setzen. Mit der Brieftasche zog ich, ohne es zu bemerken, Magdas schwarzes Seidenhöschen heraus.

– 13, schwarz, verkündete der Croupier.

Hier in der großen Spielbank von San Sebastian wurde Mata Hari, Doppelagentin der Franzosen, überrascht, identifiziert und gestellt. Das Spiel wurde ihr zum Schicksal. Als sie, eine prachtvolle, auf elegante Weise ironische Schönheit, festgenommen wurde, hielt sie einige Elfenbeinjetons von sehr hohem Gegenwert in der Hand. »Meine Herren, sagte sie zu den obskuren Beamten der Geheimpolizei, die sie umstellten, eine gute Spielerin hört niemals auf, solange sie gewinnt.«

Über Mata Hari habe ich mich mit Magda nicht unterhalten. Wahrscheinlich hätte sie nicht gewußt, wer sie war.

– Da haben Sie also, sagt zwei Tage später zusammenfassend die Psychotherapeutin, in San Sebastian wieder zu spielen angefangen, und wieder haben Sie verloren.

Ich rutsche unwillig in meinem Sessel hin und her.

– Manchmal gewinne ich auch, rechtfertige ich mich.

– Das will ich auch meinen, bemerkt Lucia skeptisch. Wenn man nur verlieren würde, wäre niemand spielsüchtig. Die trügerischen Gewinnaussichten verstärken die Abhängigkeit.

– Norman Mailer, erkläre ich ihr, spricht von der »stolzen Überheblichkeit des Spielers, der gewinnt und sich von den Göttern berührt fühlt«.

Wenn ich sonst schon nichts von der Psychoanalyse habe, so gibt sie mir wenigstens die Gelegenheit, mich in unserer Zeit der Mittelmäßigkeit und der aufgeblasenen Unwissenheit mit einer intelligenten, gebildeten, informierten Gesprächspartnerin zu unterhalten. In dieser Epoche, in der die Intelligenz geschrumpft und leblos ist wie ein abgeschlaffter Pimmel, weil die überwiegende Mehrheit (wir leben unter der Diktatur der überwiegenden Mehrheit) auf die Welt kommt, lebt und stirbt, ohne sie zu gebrauchen; um auf die Welt zu kommen, zu leben und zu sterben bedarf es nur einiger erlernter Automatismen: Stecker einstecken, Knöpfe drücken, Computer bedienen, Autofahren, Schecks ausstellen, Kredite aufnehmen und fernsehen.

– Worin besteht denn Ihrer Meinung nach diese »stolze Überheblichkeit«? fragt Lucia.

– Ein Stand der Gnade, antworte ich schnell. Die göttliche Gnade der ersten Christen, die noch Wunder wirkte, oder die dichterische Eingebung, die von den Musen ausging. Ich habe sie einmal erlebt, in Al-Mamounia, dem Kasino von Marrakesch. In Al-Mamounia sind die Spieltische blau. Denn Grün ist eine heilige Farbe, die Farbe Mohammeds.

Gewisse Spieler fahren extra ins Kasino von Marrakesch, weil sie meinen, daß Blau sie inspiriert. Für 2.000 Peseten bekam ich reichlich *Dirhams*. In einer grandiosen Geste setzte ich sie alle auf 17. Sie wissen Bescheid, nicht wahr? Die 17 ist für Spieler eine Unglückszahl. Diese Zahl war mir seit langem etwas schuldig.

Nein, sie weiß nicht Bescheid. Sie spielt nie, wenigstens nicht diese kindlichen Spiele ihrer Patienten. Wie sollte sie wissen, daß wir unverbesserlichen Spieler, d.h. wir Verlierer, eine merkwürdige, dunkle Vorliebe für die 17 haben, eine spröde, grimmige Zahl, die fast nie kommt?

– Ich war in Marrakesch, erzähle ich ihr, um mit Santos, dem Fotografen, eine Reportage zu machen. Santos hatte sich die ersten beiden Tage im Hotel eingeigelt und leistete sich raffinierte Liebesdienste von Partnern beiderlei Geschlechts. Das versteht er unter sexueller Freiheit, fahre ich fort, in der Dritten Welt und zu Sonderpreisen. Während er herumvögelte, ging ich ins Kasino, und in einer plötzlichen Eingebung setzte ich alles auf die 17. Und diese Unglückszahl, die schon so vielen Spielern zum Verhängnis wurde, zeigte sich an jenem Abend großzügig: Sie kam. Die Araber, ausgezeichnete Spieler – nicht umsonst erfanden sie das Schachspiel –, hatten das Feld mit der 17 freigelassen; sie kennen den Fluch, der auf dieser Zahl liegt, und die einzigen Jetons, die den Gewinn einstrichen, waren meine. Der Croupier zahlte aus – ein Haufen sonnenblumengelber Jetons – und gratulierte mir. Die Araber klopften mir auf die Schultern. Da erlebte ich einige Minuten lang das, was Norman Mailer die »stolze Überheblichkeit des Spielers, der gewinnt«, nennt. Eine Art Sicherheit, ein Vertrauen in mich selbst, das mich über die anderen Spieler, über die anderen Menschen erhob. Ohne nachzudenken – Götter brauchen nicht zu denken – setzte ich alle gewonnenen Jetons auf 24, schwarz, pair. Santos, der in diesem Augenblick in den Saal gekommen war und beobachtete, was geschah, erzählte mir später, daß die arabischen Spieler – religiöse, also abergläubische Männer, aufhörten zu spielen, sich diskret zurückhielten, und meine einsame Herausforderung des Schicksals beobachteten. Die Kugel rollte, aber ich war so fest von meiner Eingebung überzeugt, daß ich ihren Lauf nicht verfolgte. Nichts ist einfacher als das Glück, wenn man sich mit ihm gepaart hat. Aber es ist eine prekäre, intensive und kurze Paarung. Zu kurz. Es kam die 24, wie ich vermutet hatte.

Wieder ließen die Araber ihre Überraschung und Bewunderung lautstark vernehmen. Der Croupier reichte mir lächelnd einige wunderschöne Elfenbeinjetons von enormem Gegenwert. Santos beschwor mich, als er sie sah: »Komm, gehen wir, jetzt, sofort.« Ich beachtete ihn nicht. Das Kasino von Al-Mamounia kennt keine obere Grenze, theoretisch kann man die Bank sprengen. Ich nahm, was ich gewonnen hatte, und setzte es auf 28, schwarz, pair. Die weiße Kugel drehte sich erneut. Sie übersprang zwei- oder dreimal Zahlen, die ich nicht sehen konnte, die ich auch nicht sehen wollte, so überzeugt war ich von meiner Glückssträhne. Dann blieb sie liegen. Ich sah hin, um mit Santos meinen neuen Triumph zu feiern, da hörte ich schon die metallische, lakonische Stimme des Croupiers:

– Le trente-six rouge, sagte er, cinq plein, demi-plein et trois carré.

Die 36 war gekommen, fahre ich fort, eine weibliche Zahl, die ich nicht ausstehen kann, und auf die ich nie setze. Ich ziehe die schwarzen vor. In meiner siegesgewissen Überheblichkeit hatte ich nicht bemerkt, daß nun, als ich den gesamten Gewinn auf die 28 gesetzt hatte, die arabischen Spieler, die sich eben noch zurückgehalten hatten, jetzt wieder setzten.

– Das Wunder war zu Ende, folgert Lucia.

– In der Tat, sage ich, ich war wieder ein gewöhnlicher Mensch, glücklos, arm.

– Ein realer Mensch, sagt die Psychotherapeutin, das heißt, fügt sie hinzu, ein Mensch, der oft verliert und manchmal gewinnt. Ich glaube, sagt Lucia, daß Sie mir diese Episode nur erzählt haben, um mich zu verführen.

Ihre Bemerkung überrascht mich, und ich weiß nichts zu erwidern. Es entsteht eine Stille: wir denken beide nach.

– Sie wollten mich glauben machen, sagt sie etwas später, daß das Problem an jenem Abend darin bestand, daß Sie nicht rechtzeitig aufhören konnten. Wenn Sie dem Rat von Santos gefolgt wären, hätten Sie gewonnen. Aber das Problem ist gar nicht, ob sie gewinnen oder verlieren. Vom Spiel hätten Sie als Person auch dann nicht mehr, wenn es Ihnen gelänge, öfter zu gewinnen, und wenn Ihr Bankkonto nicht in den roten Zahlen wäre. Das Problem ist nicht, daß Sie verlieren: Ihr Problem ist Ihre Spielsucht. Indem Sie mir diese Episode eines momentanen Erfolgs erzählen, wollen Sie den Konflikt auf einen Rechenfehler, auf mangelnde Zurückhaltung beim Setzen abwälzen. Die mangelnde Enthaltsamkeit besteht nicht darin, sich nicht rechtzeitig zurückzuhalten. Die Inkontinenz, mit der Sie sich verströmen, ist das Spielen.

– Manchmal kommen Sie mir wie eine gestrenge Mutter vor, sage ich vorwurfsvoll.

– Sie brauchen keine Mutter, antwortet Lucia abweisend, nur Kinder brauchen Mütter. Sie sind kein Kind, und außerdem haben Sie ja noch eine Mutter. Ich sehe keinen Grund dafür, Ihre sichtbaren Erfolge zu belohnen, noch Sie für Ihre Fehler zu bestrafen. Sie selbst haben sich mit Ihrer Spielsucht in ein unbewußtes System von Belohnungen und Strafen hineinmanövriert. Würden Sie jedesmal gewinnen, setzt sie hinzu, langweilten Sie sich und hörten auf zu spielen, vorausgesetzt, daß Gewinnsucht, wie Sie sagen, kein rationales Spielmotiv ist. Würden Sie jedesmal verlieren, dann würden Sie wahrscheinlich ebenfalls aufhören zu spielen, weil Sie sich langweilen. Wie oft müssen Sie noch verlieren, damit das eintritt? Sie selbst müssen sich eine Grenze setzen.

– Grenzen sind dazu da, überwunden zu werden, antworte ich.

– Aber wenn sie überwunden sind, kontert Lucia, dann gibt es kein Mehr an Vergnügen, kein Mehr an Glück, sondern eher das Gegenteil. Im zehnten Whisky liegt nicht mehr Vergnügen als im neunten: es wird einem schlecht, man verliert den Bezug zur Realität und büßt das Bewußtsein und die Gesundheit ein. Beim sechsten Orgasmus hintereinander empfindet man keine größere Lust als beim fünften, sondern nur noch Erschöpfung, Mattigkeit, Schmerz. Die Grenzen setzt einem der Körper, sowohl physisch als auch psychisch.

– Wenn wir so weitermachen, sage ich im Hinblick auf diese Schreckensanalyse, werden Sie es noch schaffen, daß ich die Lust am Spiel verliere.

– War das nicht genau das, was Sie wollten, als Sie zu mir kamen?

– Wenn ein Verlangen stirbt, fühlen wir uns nackt, verwundbar, ärmer, impotent.

– Das Verlangen ist unerschöpflich unter der Bedingung, daß das Objekt der Begierde nicht immer das gleiche ist.

– Ist das eine Aufforderung zur Untreue? unterstelle ich lachend. (Ich bin froh, daß es mir gelungen ist, die qualvolle Spannung des Gesprächs zu lockern.)

– Ich fände es sehr gut, wenn Sie der Göttin Fortuna untreu würden, aber irgendein anderes Verlangen behielten, antwortet die Psychotherapeutin. Aber für heute ist es genug. Wir sehen uns Freitag wieder.

Nein. Ich bin kein Spieler. Ich habe niemals gespielt. Nie habe ich eine Spielbank betreten, Bingosäle kenne ich nicht, ich weiß nicht, wie man wettet. Ich bin jemand ohne Laster, ohne Sucht, ohne Geheimnisse. Ich lasse die Spielautomaten links liegen. Wie kann einer bloß von diesem blödsinnigen Spiel abhängen? Und die Bingosäle mit ihrer geschmacklosen Ausstattung, ihren Kronleuchtern, ihren Uniformen in schreiend grellen Farben (der arme Türsteher im »Billard«, der einen kanariengelben Anzug tragen muß: ein Clown, den man in einen Sack gesteckt hat). Wie habe ich nur stundenlang das monotone Ansagen der Zahlen, die immer wiederkehrenden Sätze (»meine Herrschaften, das Spiel beginnt. Verkaufte Karten …«) ausgehalten? Jetzt bin ich ein freier Mensch. Ich bin nicht abhängig, leide unter keiner Zwangsvorstellung und spritze mir auch nicht in Kasinos mit roten Teppichen und Seidenvorhängen die süße Droge des Glücks.

Bin ich wirklich nicht abhängig? Ich hänge von meiner Arbeit ab, von der Psychotherapeutin, vom Gang der Welt. Von den Gesetzen, von der Regierung, vom Ablauf der Zeit.

– Aber das ist unvermeidlich, würde die Psychotherapeutin sagen.

Das Gebäude der Zeitschrift liegt im Geschäftsviertel der Stadt; man kommt herein durch eine Empfangshalle mit verschiedenen Aufzügen, elektronischen Alarmanlagen, Kontrollen von privaten Wachmännern und in der Decke versteckten Fernsehkameras. Die Sicherheitsvorkehrungen müssen verstärkt werden, weil wir bedroht sind. Bedroht von Fanatikern, die sich von einem Artikel angegriffen fühlen oder von einem Foto, und Fanatiker gibt es viele: politische Fanatiker, religiöse Fanatiker, Fußballfanatiker (Anhänger einer Mannschaft, meistens ihrer Stadt oder ihres Dorfes), Rockfanatiker, Modefans, ganz zu schweigen von den Psychopathen und den verschiedenen Mafias. Da gibt es auch noch die Berufsverbände, die Ärztekammer, die Juristenkammer und die Architektenkammer. Und die Händler. Waffenhändler, Drogenhändler, Mädchenhändler, Kinderhändler, Geldwäscher und Zuhälter.

Die Drohungen werden nie in die Tat umgesetzt, obschon mehr als einmal das Gebäude wegen Bombenalarm geräumt werden mußte. Die Kontrollen funktionieren sehr gut und schrecken jeden Fanatiker oder Psychopathen, der sich dem Gebäude zu nähern wagt, ab. Wenn man die Empfangshalle hinter sich gebracht hat, gelangt man in ein riesiges Geschoß voller Büros, Räume und Gänge, wo die Redaktion arbeitet.

Jedesmal, wenn ich sie betrete, habe ich den Eindruck, in einen Ameisenhaufen geraten zu sein mit seiner Brut, seinen Arbeiterinnen, seinen Soldaten, seinen Wachen, seinen Vorräten, seinem Lager, der Dokumentation und den Zeitungsarchiven. Die Ameisenkönigin ist der allmächtige Herausgeber und Hauptaktionär. Ein dicker Hypochonder mit einer Bombengesundheit (nur Gesunde sind Hypochonder), ein Pragmatiker, energisch und paranoid. Paranoiker sind ausgezeichnete Journalisten, weil sie alles und jedes anzweifeln, nur sich selbst nicht.

Ich gehe durch den Saal, in dem es nur so wimmelt von Männern in Hemdsärmeln, geschminkten Frauen, Computern, Telefon- und Faxapparaten, und ich verschwinde schlecht gelaunt in meiner Zelle des Ameisenbaus, auch sie ist mit Telefon, Faxgerät, Computer und Sekretärin ausgestattet. Schon bin ich mitten drin im Ameisenhaufen, geschäftig wie alle anderen.

– Um fünf Uhr haben Sie das Interview mit dieser Schauspielerin, Liza Lancaster, sagt mir die Sekretärin. Der Chef wünscht, daß Sie es machen. Es handelt sich um ein Exklusivinterview, fügt sie hinzu.

– Das soll Pedro machen, protestiere ich. Ich mag keine Witwen, erst recht keine berühmten.

– Stell dich nicht so an, brüllt mich die Stimme des Chefredakteurs aus dem Interphon des Büros an. Wir haben ein Vermögen für die Exklusivrechte bezahlt. Außerdem spricht sie nur englisch. Du hast ein komplettes Dossier auf dem Tisch.

Liza Lancaster, Witwe des berühmten Verführers; Mädchenname Sarah Kelly, in Philadelphia geboren, kein genaues Geburtsdatum, besser nicht danach fragen; sie hat sich fantastisch gehalten, ein Meter siebzig, die schönsten Augen der Welt, vorstehende Backenknochen, üppiges, gelocktes Haar, endlos lange Beine, starke Persönlichkeit, von den Studios nicht zu bändigen, darauf angewiesen, im Werbefilm die Hauptrolle zu spielen, Hochzeit mit schmächtigem, häßlichem Schauspieler, der zwar schlecht spielt, aber eine unerklärliche Anziehungskraft auf die Frauen hat. »Leidenschaftliche Ehe« (Originalton der Agentur), aber kurz, weil der Ehemann aufgrund seiner maßlosen Trunksucht vorzeitig an Leberzirrhose stirbt. Begräbnis, weltweite Trauer, Liza Lancaster in Schwarz (diese Farbe steht ihr am besten; sollte sie immer tragen, und wenn eine Trauer ausgestanden ist, sollte sie schleunigst eine neue anfangen), seither von den Medien zur Witwe schlechthin hochstilisiert. Sie bekommt im weiteren Verlauf keine Verträge mehr für Filme, die ihrer würdig wären, deshalb filmt sie wenig, aber ihre Rolle als Berühmte Witwe ist unerschöpflich, ewig. Es ist nun nicht mehr allein Liza Lancaster, die Schauspielerin mit der starken Persönlichkeit, die über die schlechten Drehbücher herzieht, über die blödsinnige Filmindustrie und die stümperhaften Filme, nun ist sie Liza-Lancaster-die-Witwe-von-Power, dem schmächtigen, abgezehrten, lustlosen Schauspieler, der die Frauen verrückt machte. Soeben hat sie ein Buch mit Erinnerungen herausgebracht, ziemlich aufrichtig und mutig. Trotzdem verkauft es sich gut. Liebhabereien: Hunde und Glücksspiele.

– Ihr habt gemeinsame Interessen, stimmt's? unterbricht mich die Stimme des Chefredakteurs aus dem Interphon. Ich glaube, sie hat eine Schwäche für Tiere und fürs Roulette, hakt er nach.

– Ich hab' keinen Hund, und außerdem habe ich aufgehört zu spielen, sage ich.

– Nur vorübergehend, du wirst schon sehen, meint er skeptisch. Um fünf hast du das Interview mit dieser Frau, und sieh zu, daß es dein bestes wird.

– Das honorierst du mir extra, und zwar gut, fordere ich.

– Da sieht man ja, daß es im Kasino nicht so gelaufen ist, antwortet er. Na gut. Akzeptiert. Was ich dich noch fragen wollte, was nimmt man am besten für die Gallenblase? Mir ist schlecht, und ich habe Kopfschmerzen.

– Du hast nichts an der Gallenblase, präzisiere ich, das Problem ist, daß du viel zu viel Vitamin C nimmst.

– Wie willst du wissen, daß es nicht die Gallenblase ist?

– Weil fünf Brausetabletten Vitamin C pro Tag zu viel sind, das ist der Grund, sage ich.

– Ich kann auf Vitamin C nicht verzichten, erklärt der Chefredakteur mit Nachdruck. Ich habe in meiner Jugend viel geraucht, und außerdem senkt Vitamin C auch den Cholesterinspiegel.

– Das ist noch nicht bewiesen, behaupte ich, gegen das zu hohe Cholesterin mußt du Haselnüsse essen. Hundert Gramm Haselnüsse pro Tag, möglichst morgens.

– Wirklich? sagt der Chefredakteur begeistert, das habe ich nicht gewußt.

– Ich hab' dir schon immer gesagt, daß wir eine Spalte Wissenschaft in die Zeitschrift aufnehmen sollten.

Er ist ein Hypochonder, darüber setzt er sich nur hinweg, wenn es ums Geschäft geht.

– Willst du meinen Ruin? Die Wissenschaft ist zu ernst für eine Frisierzeitschrift. Das Taxi wartet auf dich, um dich zum Hotel zu bringen, pünktlich, sonst führt sich diese Frau wie eine Rachegöttin auf, sagt der Chefredakteur.

– Wenigstens eine Art, göttlich zu sein.

Tatsächlich, sie hat die schönsten Augen der Welt. Grün mit goldenen Einsprengseln, und immer feucht, als ob ihre Wärme flüssig wäre, und die Wärme dieses Blickes die Dinge überfluten könnte. Aber diese Wärme steht im Gegensatz zu den ausgeprägten Gesichtszügen, zu den scharfen Konturen der Knochen. Die Wangenknochen stehen hervor, und die Wangen sind leicht eingezogen; das Kinn hat ein kleines Grübchen in der Mitte, ein Hauch intelligenter Keckheit im sonst gefestigten Ausdruck des Gesichts. Die Stirn ist hoch, offen mit dem schönen Ansatz ihrer dichten gewellten, sonnenblumenblonden Haarpracht und mit der Fracht einer sicherlich überflüssigen Intelligenz, handelt es sich doch der blödsinnigen amerikanischen Industrie zufolge nur um eine Schauspielerin, einen dekorativen Gegenstand.

– Erzählen Sie mir nicht, daß Sie alle meine Filme gesehen haben, denn das wäre der schlechteste Anfang für das Interview, prescht sie vor.

Sie ist energiegeladen, selbstsicher, spielt ihre Rolle – Musterwitwe – mit Beharrlichkeit, aber sie ist furchtbar ehrlich. (Ich habe nur noch ein paar Jahre zu leben, also möchte ich nicht mit Verstellung und Lügen meine Zeit verlieren, wird sie mir später sagen). Sie muß einen außergewöhnlich gesunden Menschenverstand haben: die Welt gefällt ihr nicht, hat ihr noch nie gefallen, aber sie hat auch nicht die Einfalt, sie ändern zu wollen. (Man kann höchstens etwas in seinem eigenen Leben verändern, erklärt sie.)

– Nur die guten, antworte ich geschickt.

– Dann haben Sie drei gesehen, bescheidet sie mich.

Ich verrate ihr nicht, daß ich die anderen auch gesehen habe.

– Alle Welt ist gezwungen, eine enorme Menge dummes Zeug zu tun, um schließlich nur ein oder zwei Dinge zu machen, die wirklich von Belang sind. So ergeht es den Schriftstellern, den Malern, den Journalisten, den Schauspielerinnen, den Regisseuren und den Wissenschaftlern. Versuchen Sie nicht, mir das alles zu erklären.

Wir sind allein in der Suite des Hotels. Die Hunde müssen in einem anderen Zimmer sein. Sie reist mit ihnen, einer Sekretärin und einigen Leibwächtern. Sie trägt einen schönen

Kimono aus grüner Seide (»der Farbe ihrer Augen« werde ich in dem entsetzlichen Stil der Zeitschrift schreiben) mit gelben und weißen Ranken. Sie ist eine der wenigen eleganten Schauspielerinnen, die der amerikanische Film hervorgebracht hat. Ich sage es ihr.

– Die Eleganz kommt aus Europa, mein Lieber, antwortet sie. Wir Amerikaner haben nur Dosensuppen erfunden, insbesondere die Krebssuppe, von der alle Welt glaubt, sie sei aus China. Im übrigen zerbreche ich mir nicht den Kopf über die Eleganz, fügt sie hinzu. Wenn man sie nicht hat, wird man sie nie erlangen, und wenn man sie hat, kann man sie nie verlieren. Das hat mich davon abgehalten, mit Fellini zu arbeiten, meinem Lieblingsregisseur. Ich könnte möglicherweise eine glänzende Lady Astor spielen, aber nie und nimmer eine Fischverkäuferin auf den Straßen Roms. Power war auch elegant – das ist die erste Anspielung auf ihren toten Mann. Das ist auch so etwas Geheimnisvolles, fährt sie fort. Schlank, kleinwüchsig, eingefallene Wangen und trotzdem der eleganteste Mann Hollywoods. Er ist in den Armenvierteln groß geworden, wußten Sie das?

Ohne meine Antwort abzuwarten erzählt sie weiter:

– Seine ganze Kindheit und Jugend hat er bis zu seinem achtzehnten Lebensjahr in Waisenhäusern, Armenvierteln und Baracken verbracht. Aber als ein berühmter Regisseur – ich verrate Ihnen nicht, wer – von ihm verlangte, eine Rolle zu spielen, die seiner Herkunft zu entsprechen schien, nämlich einen in den Slums aufgewachsenen Verbrecher, da nahm ihm das niemand ab. Und das, obwohl er wie ein Taxifahrer aus der Bronx um acht Uhr abends an einem verregneten Samstag sprach.

Sie machte eine Pause, um etwas Whisky zu trinken. Sie trank ihn langsam. Das Glas hielt sie mit ihren langen Fingern, die so lang waren, daß es aussah, als wären es mehr als fünf, und ich hatte den Eindruck, daß die Gegenstände in ihren Händen sich in Elfenbeintasten eines Klaviers verwandelten.

– Ihm lagen die Frauen zu Füßen, fuhr sie fort, und ich machte keine Ausnahme. Eine unerklärliche, fast ungewollte Anziehung. Er war nicht liebenswürdig zu ihnen – zu Männern übrigens auch nicht –, er schmeichelte ihnen nicht, er wollte nicht von ihnen geliebt werden. Er war unsympathisch, kalt, distanziert und immer schlecht gelaunt. Aber er faszinierte sie.

– Der weibliche Masochismus, unterbrach ich sie.

Sie ging auf meine Bemerkung nicht ein.

– Er verabscheute den Film, er fand ihn kindisch und hielt ihn für einen Schwindel.

– Und Sie? fragte ich.

Mit der Schnelligkeit eines Raubvogels schaltete ihre linke Hand (die nicht das Whiskyglas hielt) das Aufnahmegerät aus.

– Ich bin seine Witwe, betonte sie. Eine Rolle, die mir nicht zusagt, und auf die ich nicht vorbereitet war. Ich habe versucht, aus dem Drehbuch auszubrechen, dem Libretto untreu zu werden, aber die Fiktion war stärker.

– Aristoteles behauptet, daß die Fiktion wichtiger ist als das Faktische, sage ich.

Sie bricht in ein herrliches Gelächter aus, ein brutales, ozeanisches, pantagruelisches Gelächter. (Der einzige Ausrutscher ihrer wohlüberlegten Eleganz in Richtung Spontaneität).

– Aristoteles? wiederholt sie. Haben Sie Aristoteles gesagt?

Ich kann nicht mehr an mich halten und lache auch los.

– Aristoteles, ruft sie. Seit der Schulzeit hab ich von ihm nichts mehr gehört; ich habe geglaubt, daß das nur der Taufname von Söhnen armer Griechen ist. Ihr Europäer seid wunderbar. Das muß ich feiern. Ihre Anspielung auf Aristoteles ist noch ein Glas wert, sagt sie und schenkt sich und mir ein.

Als sie aufhört zu lachen, wird die Welt trüb, kehren die Schatten zurück, der Schmerz, der Tod.

– Inzwischen habe ich mich mit dieser Rolle abgefunden. Ich mußte schon schlimmere im Leben spielen. Auch Power war nicht auf den Tod vorbereitet. Im Krankenhaus, voller Sonden, sagte er zu mir: »Liza, sag diesem Hurensohn von Drehbuchautor, daß diese Rolle nicht zu mir paßt. Sterbende liegen mir nicht.«

Ihre grünen Augen blickten verloren in die Flüssigkeit im Glas. Mir erschienen sie wie zwei Segelboote kurz vor dem Untergang.

– Sie stellen mir hoffentlich keine dieser dummen Fragen, die die Journalisten immer stellen, insinuierte sie, als sie aus ihrer Nachdenklichkeit auftauchte.

Ich war verwirrt, aber zufrieden und bereit, sie zu mögen und zu improvisieren.

– Was haben Sie in Ihrer Handtasche? Erlauben Sie?

Erst jetzt lächelte sie überrascht.

– In bezug auf Damenhandtaschen bin ich sehr neugierig, erklärte ich ihr. Sie sind für mich wie Wundertüten. Wie der Zylinderhut des Zauberers oder so etwas. Nie kann man wissen, was sich in der Handtasche einer Frau befindet.

– Haben Sie diesbezüglich schon mal einen Psychotherapeuten gefragt? fragte mich Liza mit ihrer gewohnten Ironie.

– Das ist nicht nötig, erwiderte ich, in vielen Sprachen bedeutete »Tasche« auch das Geschlecht.

Als ich klein war, öffnete ich heimlich Michelles Handtasche, entleerte ihren Inhalt auf den Teppich oder das Sofa und untersuchte mit Begeisterung die verschiedenen unvermuteten Gegenstände, die darin waren. Ich glaube, daß sie das wußte, und daß sie manchmal absichtlich etwas hineinsteckte, um mich zu verblüffen.

Ich öffnete sehr behutsam die Handtasche der Schauspielerin und untersuchte ihr Inneres. Ich fand ein goldenes Zigarettenetui mit ihren Initialen, ein kleines Schminkset für die Augen, ein Feuerzeug einer berühmten Marke, ein Seepferdchen in Acryl (»ein Glücksbringer«, sagte sie) und einen wunderschönen, länglichen Perlmuttjeton von großem Gegenwert aus dem Kasino von Monte Carlo. Das Plättchen fühlte sich sehr zart an, meine Finger glitten ein ums andere Mal verliebt darüber. Ich nahm es aus Liza Lancasters Handtasche und streichelte es, ohne ein Wort zu sagen. Sie verstand die Geste und sagte:

– Ich spiele. Wenn man erst mal die Fünfziger hinter sich hat, mein Freund, verliert der Sex an Interesse, er ist nur noch eine anstrengende Gymnastik. Es wird einem dann auch klar, daß er sich nicht nur im Kopf abspielt, wie uns die Psychologen glauben machen wollen, sondern auch in den Hormonen, in den Eierstöcken. Die Hormone haben sich in Luft aufgelöst, und die Eierstöcke sind alt geworden. Da der Sex inzwischen langweilig und wenig aufregend geworden ist, muß man eine andere Leidenschaft entdecken. Ich spiele gern. Manchmal glaube ich, daß es das einzige ist, was mich noch am Leben hält. Übrigens habe ich einen Hang zum Sadismus: Ich pflege zu gewinnen. Power verlor immer. Das wird Ihnen vielleicht merkwürdig vorkommen: Er war, obwohl er ein ungehobelter und kalter Mensch war, außerordentlich verwundbar, wenn er spielte. Er glaubte, daß das Glück männlich sei: Power war Frauen gegenüber Sadist, aber nicht Männern gegenüber.

– Sie hingegen sind allen gegenüber sadistisch, bemerkte ich ironisch.

– Ich bin sehr traditionell, mein Lieber, antwortete sie. Für mich ist das Glück eine Frau, und nie bin ich vor einer Frau schwach geworden.

Azahar, ein arabisches Wort, das die duftenden weißen Blüten des Orangenbaumes bezeichnet. Die Araber, diese begnadeten Spieler, druckten *Azahar*-Blüten auf die Rückseite der Spielkarten und auf Würfel – daher kommt die Bedeutung »Glück«.

– Power verlor, weil er ein Mensch war, der keine Grenzen kannte, fuhr Liza Lancaster fort. Sein Einsatz, sagte sie ernst, war metaphysischer Art, Sie verstehen?

– Ja, sagte ich gelassen.

– Wie absurd! meinte sie und schüttelte ihre schöne Mähne. Ich habe absolut keine Ahnung von dieser Seelenangst; ich bin eine pragmatische Frau, ich habe sie nie nachempfunden, aber ich habe ihn darum geliebt. Als ich ihn kennenlernte, hatte er die Partie schon begonnen.

– Was für eine Partie? fragte ich, damit sie weitersprach. Ich stand im Bann ihrer leicht rauhen Stimme, des Schattenspiels in ihren Haaren.

– Die Partie, die er gegen die Grenzen angefangen hatte. Eine ganz persönliche Partie, ohne Mitspieler, wie Sie wohl verstehen. Man konnte während einer Runde bei ihm sein, einige Zeit an seiner Seite bleiben, aber bei der letzten Herausforderung war er allein und wußte schon, daß er verlieren würde. Es war so, als würfelte er mit einem Würfel ohne Zahlen, es gab gar keine Chance zu gewinnen, nicht eine einzige, und trotzdem setzte er. Für die, die nichts verstehen, war das absolut sinnlos, Wahnsinn. Aber ich liebte ihn wegen dieser Art Heldentum. Dasselbe macht er mit dem Alkohol: Er hörte trotz seiner Zirrhose nicht auf. Ein selbstmörderischer Stolz, wenn Sie so wollen, aber es gab ihm etwas Grandioses.

Die Nacht fiel herein wie ein Leichentuch. Aber es war nur, daß sie uns in Dunkelheit hüllte, mehr nicht. Wie es sich gehört bei der Trauer um den Tod eines Helden, bei der Trauer um eine zufällige, unwiederbringliche Begegnung.

– Ich kann manchmal gewinnen, weil mein Einsatz bescheiden ist, fuhr sie fort. Ein ruhiges Alter mit meinen Hunden, meinen Leibwächtern und meiner Wohnung in einem vornehmen Viertel von New York. Poker mit Freunden und manchmal Besuche in der Spielbank. Das läßt sich machen.

Aber Powers Verlangen war unerfüllbar, deshalb sehnte er sich so. Die wahren Wünsche kann man nicht laut sagen; sie würden einen Skandal verursachen, und sie fordern in jedem Fall Gottes Zorn heraus. Nun zu Ihnen und Ihrer Zeitschrift – ihre Stimme hatte sich plötzlich verändert, und sie hatte sich erhoben. – Sie können ein stinknormales Interview erfinden, wie es den Leuten gefällt. Sprechen Sie über meine Hunde, meine Wohnung in New York, über meine Einsamkeit als untröstliche Witwe oder über sonst irgendwas. Meine Sekretärin wird Ihnen ein komplettes Dossier geben. Es hat mich gefreut, Sie kennenzulernen, sagte sie und gab mir die Hand, aber nun bin ich ein wenig erschöpft.

Das Ende war so abrupt gewesen wie der Anfang.

Ich ging zögernd zur Tür.

Da hielt sie mich mit einer Geste auf, blickte mir in die Augen und sagte:

– Ich weiß, daß man sein Verlangen auf anderes richten kann. Power konnte das nicht, oder er wollte es nicht. Im Grunde war er nur ein Junge, dem das Leben in der Kindheit übel mitgespielt hatte, und um das zu kompensieren, wollte er Gott sein. Nach den Fünfzigern werden wir alle zu Philosophen, das muß in unserem genetischen Code liegen und mit unserem Selbsterhaltungstrieb zusammenhängen. Vielleicht habe ich den Perlmuttjeton, der Ihnen so gut gefällt, nur deshalb, weil ich ihn nicht allzu stark begehrte. Meine Glückszahl ist die 27, und Ihre?

– Ich hab' noch keine gefunden, antwortete ich und deutete ein Lächeln an.

– Dann versteifen Sie sich auch nicht, riet sie mir. Manchmal glaube ich, daß ich nur deshalb gewinne, weil ich sonst nichts mehr gewinnen kann.

Als ich vom Interview kam, brauchte ich unbedingt eine Frau. Dabei handelte es sich nicht nur um den Koitus (eigentlich gibt es für einen Mann nichts Einfacheres, als einen Koitus zu beschaffen, zu bekommen – es sei denn, er befände sich auf einer einsamen Insel –: an jeder Ecke wird er für 1.000 Peseten angeboten, man kann sich einen für einige Peseten mehr in bequemen Hotels, eleganten Cafeterias, in hygienischen Saunas, in aseptischen Massagesalons kaufen; man kann sich einen telefonisch, per Boten, per Post oder per Fernsehen bestellen), sondern um etwas anderes. Ich wollte nicht nur eine Frau berühren und von ihr berührt werden, ich verlangte nicht danach, einen unbekannten Körper zu umarmen, um mich dann zu verabschieden. Ich merkte, daß das Gespräch mit Liza Lancaster die Sehnsucht nach einer Gefährtin ausgelöst hatte. Die Sehnsucht ist immer ein verborgenes Bedürfnis. Es war ein starkes Bedürfnis, schwierig zufriedenzustellen in diesem Augenblick. Da dachte ich unerwartet und unbeabsichtigt an Claudia.

– Es gibt kein Verlangen ohne die Vorstellung davon, hatte Lucia vor einer Woche gesagt. Und jetzt kam mir, ohne es zu wollen, Claudia in den Sinn. Aber ich stellte mir nicht die Claudia unserer Eifersuchtsszenen und unserer Meinungsverschiedenheiten vor, sondern die, die ich gesucht hatte, ohne sie je zu finden: eine Frau mit Claudias Körper, mit Claudias Brüsten und ihren langsamen, ausgiebigen Orgasmen, die aber nicht die Claudia war, die ich geliebt hatte, obschon sie so hieß.

Schon lange waren wir uns aus dem Weg gegangen. »Ich will mit dir brechen«, sagte sie und meinte es wörtlich: sie wollte *mich* zerbrechen. Vielleicht wollte ich sie auch zerbrechen. Wir brachen, und seither trennt uns das Schweigen wie ein Exil. Wir haben den Bruch überlebt, soviel steht fest, aber keiner von uns beiden weiß genau, wie.

– Jedesmal, wenn ich beim Bingo oder im Kasino verliere, hatte ich der Psychotherapeutin vor einer Woche gesagt, schiebe ich die Schuld Claudia zu. Claudia hat mir Unglück gebracht. Weil ich an sie denke, komme ich mit den Zahlen durcheinander, verliere ich die Partie.

– Welche Partie haben Sie mit ihr verloren? fragte mich Lucia hinterlistig.

– Das weiß ich nicht, antwortete ich. Es ging um etwas sehr Wichtiges zwischen uns, eine Aufforderung, eine Herausforderung.

– Sind Sie sicher, daß sie gewonnen hat? fragte sie mich.

– »Bedecke mich«, sagte Claudia manchmal während unserer Liebesspiele. »Die Dame wird biblisch«, gab ich zurück. Ich frage mich, wenn ich am grünen Tisch sitze, ob ich nicht irgendwie weiterhin sie bedecke, wenn ich die 17 oder die 15 mit dem Jeton bedecke!

– Das wollte ich nicht wissen, antwortete die Psychotherapeutin. Sie haben mir nicht die Frage beantwortet, ob Sie glauben, daß Claudia die Partie gewonnen hat.

– Ich weiß nicht mehr, warum, um welchen Preis es ging, welcher Stich es gemacht hat; deshalb kann ich auch nicht sagen, ob jemand gewonnen hat.

– Niemand spielt blindlings drauflos, sagte Lucia entschieden, Sie als Spieler wissen das genau.

– Vielleicht bin ich so ein eingefleischter Spieler, daß ich mich auf die wichtigste Partie meines Lebens gegen sie eingelassen habe: Auf eine unvorhersehbare Partie, ohne zu wissen, was auf dem Spiel stand.

Jetzt, nach dem Interview mit Liza Lancaster treibt mich wieder einmal unbewußt dieses starke Bedürfnis nach einer Frau zu Claudia. Am liebsten würde ich sie anrufen, als sei nichts geschehen, als sei ich nicht gebrochen, als sei sie nicht gebrochen, und wir würden uns ohne Haß, ohne Eifersucht, ohne Bitterkeit in einer warmen, innigen Umarmung wiederfinden; ich würde ihr von meinem Interview mit Liza Lancaster erzählen und sie annehmen, damit auch sie mich annimmt. Aber das ist eine müßige Vorstellung. Nicht nur würde sie diese ganze Zeit des Schweigens, des Hasses, der Bitterkeit nicht überwinden können – ich könnte es auch nicht.

– Ich möchte einmal unterstellen, Sie glauben, daß Claudia, obwohl es nicht so aussieht, eigentlich die Verliererin ist. Deswegen, aus einem dunklen Schuldgefühl heraus, bestrafen Sie sich an den Spieltischen, wo Sie verlieren können. Auf diese Weise befreien Sie sich von Ihren Schuldgefühlen, interpretiert Lucia.

Ich rutschte nervös auf dem Sessel hin und her.

– »Du und ich, wir passen einfach nicht zusammen«, sagte Claudia am Ende, erinnere ich mich. Damals hielt ich das für einen Satz aus einem schlechten Roman.

– Irgendwie mußte Schluß gemacht werden, verteidigt Lucia sie. Sie machte Ihnen einen guten Vorschlag: unentschieden. Aber wahrscheinlich wollten Sie kein Unentschieden. Sie wollten wie immer siegen oder sterben.

Dieses starke Bedürfnis nach einer Frau kann folglich nicht von Claudia zufriedengestellt werden.

Die Nacht hat inzwischen von der Stadt mit ihren zur Schau gestellten unbefriedigten Wünschen Besitz ergriffen: goldenes Licht in den Gebäuden (was für unbekannte Feste, was für eine Pracht), flammendneue Autos in den Schaufenstern, exklusiver Schmuck in Samtetuis, Leuchtreklamen, die die Ferne beschwören: Bali, Manhattan, Mailand, Venedig.

Wenn ich schon Claudia nicht sprechen und nicht berühren kann, würde ich gerne die Psychotherapeutin sprechen und berühren. Ich hasse die Momente, in denen ich so dringend eine Frau brauche. Entschlossen gehe ich zu einer Telefonkabine. Das lange hörbare Schweigen, das mich von Claudia trennt (ein Schweigen voller Geschrei, Vorwürfe, Eifersucht, Mißverständnisse), hindert mich allerdings nicht daran, mit Lucia zu sprechen. Ganz im Gegenteil: Ich bezahle ja dafür, daß sie mir zuhört. Ich wähle nicht die Nummer ihrer Praxis, sondern ihre Privatnummer (die gibt sie ihren Patienten für Notfälle). Nach ein paar Tönen höre ich:

– Ich kann Ihren Anruf jetzt nicht entgegennehmen. Wenn Sie eine Nachricht hinterlassen möchten, haben Sie zwei Minuten Zeit dazu nach dem Zeichen. Danke.

– Ich bin's, Jorge, sage ich dem Anrufbeantworter. Ich hätte gerne eine Sitzung außer der Reihe, aber nicht in der Praxis, sondern in einem Hotel. In einem teuren Hotel, mit einem großen, leinenüberzogenen Bett, Champagner und Austern zum Frühstück. Danach können wir, wenn Sie wollen, zu einem Spielchen, der Analyse, mit bezahlten Sitzungen, den 45 Minuten und all dem zurückkehren.

Ich sprach nicht weiter, weil die Zeit um war. Ich ging in eine Bar, trank ein Bier und wandte mich dem Spielautomaten zu, der »Tea for two« klimperte. Das kam mir wie die blanke Ironie vor. Deshalb vielleicht gewann ich: drei goldene »CIRSAS« wie Gold. Die Geldstücke fingen ohne mein geringstes Zutun an zu fallen.

– Soll ich dir Gesellschaft leisten? fragte mich ein junges Mädchen mit einem Irokesen-Haarschnitt. Die Maschine mußte noch einen Nebenpreis ausspucken. Es hört immer mit einem Trio roter Kirschen auf, der Heiligen Dreifaltigkeit. Ich stellte mir das Irokesen-Mädchen als Heroinjunkie oder so etwas ähnliches vor.

– Noch nie habe ich es fertiggebracht, mich über die Abwesenheit einer Frau mit einer anderen Frau hinwegzutrösten.

Ich dachte an Liza, ich dachte an Claudia, ich dachte an das Irokesen-Mädchen, das hohe schwarze Stiefel voll silbriger Anstecker trug.

– Aber ich gebe dir ein Bier aus, sagte ich.

– Danke, Kollege, sagte sie.

Jeder staffiert sich so aus, wie er kann.

– Ich hab' genug, sage ich Ende Juli zur Psychotherapeutin. Ich gehe aufs Land.

Andere Male habe ich mich im August in meiner Wohnung eingeigelt, inmitten von Milchflaschen, Zigarettenpackungen, ungelesenen Büchern, Aspirin, einem Ventilator, Netzen voller Apfelsinen, und ich lebte wie ein Maulwurf: Meinen Bau verlasse ich nur nachts, um in der leeren Stadt umherzugehen wie nach einer Bombenexplosion, einer Hitzebombe.

– Das finde ich gut, bestätigt Lucia.

Ich denke, daß sie das gut findet, weil auch sie Ferien machen möchte. Einen Monat lang all diese verrückten, autistischen Kinder vergessen, die bei ihr das Herz ausschütten, als sei sie die All-Mutter, die große Beschützerin, die Oberin einer Konfessionsschule.

– Wohin fahren Sie? frage ich sie betont beiläufig.

– Das geht nur mich etwas an, antwortet sie kühl.

Das finde ich nicht gerecht. Ich meinerseits habe ihr schon erzählt, daß ich zu Michelle fahre.

– Wir sehen uns wieder, wenn Sie wieder zurück sind, erklärt Lucia. Dann erzählen Sie mir, was Sie gemacht haben, wie Sie sich gefühlt haben. Es wird Ihnen gut tun, etwas auszuspannen.

Ich komme mir vor wie ein Kranker, dem man Landluft verschreibt, schwimmen, Brombeeren sammeln und reiten. Für dieses Rezept zahle ich zuviel.

– Wollen Sie ein ausgenommenes Kaninchen als Mitbringsel oder ein Sträußchen Basilikum? frage ich sie ironisch.

– Statt mir etwas mitzubringen, sollten Sie auf ein paar Gewohnheiten verzichten, antwortet Lucia streng. Ich hab's Ihnen doch schon so leicht gemacht!

– Die Beziehung in einer Psychoanalyse, sage ich zu ihr, ist eine Inszenierung des Sadomasochismus, wobei aber die Rollen nicht feststehen. Sie sind austauschbar.

– Ich glaube, daß sich die Analyse auf fast alles in dieser Welt anwenden läßt, widerlegt mich Lucia nicht.

Ich fange an, mich frustriert zu fühlen. Wenn ich anfange, mich so zu fühlen, ende ich im Bingo oder im Kasino.

– Sie können mir eine Ansichtskarte schicken, wenn Sie Lust haben, sagt Lucia beim Abschied an der Tür der kleinen Praxis.

Fürchtet sie, daß ich nicht mehr wiederkomme? Hofft sie, daß die Postkarte – deren Text ich noch nicht weiß – als Verbindung zwischen dieser letzten Sitzung und der nächsten in einem Monat dienen wird? Oder hat sie mir das nur zum Trost vorgeschlagen?

– Ich schreibe keine Ansichtskarten, lüge ich, und es kommt mir wie eine schüchterne Rache vor.

Ich spreche gern von Zahlen; es macht mir Spaß, sie springen zu sehen, ihr Erscheinen zu verfolgen, ihr Wegbleiben zu notieren, sie zu lieben oder zu hassen.

DAS GESCHLECHT DER ZAHLEN

Die 1 ist ein schüchterner Mann mit kleinem Penis; die 2 eine raffinierte französische Hure; die 3 ein dicker kastrierter Opernsänger; die 6 eine Schwangere; die 9 eine alte gebeugte Bäuerin; die 11 ein Schwulenpaar; die 21 Mutter und Sohn; die 22 ein Liebespaar; die 61 die Missionarsstellung; die 69, wie jeder weiß, die gleichzeitige Fellatio; die 77 zwei alte Tunten; die 80 ein uraltes Ehepaar.

Als ich klein war, hatte meine Mutter einen Taschenspiegel, auf dessen Rückseite die hundert Zahlen mit ihrer Bedeutung im Traum nach altem Volksglauben aufgeführt waren. Ich habe ihn sehr gerne angeschaut. Die 17 war die gefiederte Schlange, die 8 eine Schlange. Die 7 bedeutete den Hahn, die 11 die Zähne, die 6 bedeutete viel Geld und die 99 Armut.

– Das ist Aberglauben, sagte meine Mutter verächtlich (Michelle war schon immer eine sehr rationale Frau).

Mir gefiel, daß die Zahlen schicksalhafte Tiere und sinnbildliche Tiere verkörperten. Die Zahlen wurden lebendig, sie waren wie Zylinder, aus denen ein weißes Kaninchen oder hohe Schuhe mit Lacklederverzierungen hervorgezaubert wurden.

Wie jedes Jahr kehrte ich im Sommer ins *Chez Michelle* zurück. Während des Abendessens – so einen Bœuf Stroganoff gibt es nur bei ihr –, fragte ich sie nach dem Spiegel.

– Was für ein Spiegel? sagte sie.

– Der Taschenspiegel, der mit der Bedeutung der Zahlen auf der Rückseite.

Michelle lachte.

– Woran du dich nicht alles erinnerst! sagte sie. Den habe ich sicher verloren. Der war nichts Besonderes, ein Reklamespiegel von irgendeinem Kurzwarenladen im Ort.

Das ist merkwürdig, denn Michelle hebt immer alles auf, wie die meisten Französinnen. Sie trennt sich nur schwer von etwas. Das hat mit dem Krieg zu tun oder so.

Claudia kam es befremdlich vor, daß ich meine Mutter Michelle nenne und nie »Mama« oder »meine Mutter« sage, aber mir gefällt es so besser: Michelle. Ihr kam das ganz natürlich vor, ihre Eigenschaft als Frau vor der als Mutter.

Jeden Sommer rufe ich bei ihr zu Hause, im Restaurant in einem alten Dorf im Empordá an, um ihr zu sagen:

– Michelle, ich besuche dich.

– Ist ihr Haus nicht auch dein Zuhause? fragte mich Claudia.

Nein. Es gehört Michelle, und das ist gut so. Mit dem großen alten braunen Strohkorb, der am schmalen Balkon aus Stein und verrostetem Eisen hängt, und mit dem selbstgemachten Schmuck aus trockenen Blumen und Zweigen in rustikalen Tonkrügen. Man gebe Michelle ein paar alte Geräte, einige aromatische Kräuter und einen alten Küchenofen mit Holz- oder Kohlefeuerung, und schon bereitet sie köstliche Gerichte zu, macht aus düsteren Zimmern angenehme Räume zum Ausruhen. Ich bewundere die Frauen wegen ihrer Fähigkeit, etwas zu schaffen.

Meine Wohnung gehört ja auch nicht Michelle, hatte ich Claudia geantwortet. Wenn sie mich besuchen kommt, füge ich hinzu, kündigt sie das rechtzeitig an. Es gibt zwischen uns keinerlei Besitzergreifenwollen, sagte ich abschließend.

Ich war ein bißchen eingeschnappt, weil Michelle nicht wußte, wo sie das Spiegelchen mit den eingestanzten Zahlen hatte.

Nachher trug Michelle flambierte Bananencrêpes mit Honig auf.

Das Dorf mit seinem mittelalterlichen, gut erhaltenen Kern (inmitten von Weizenfeldern, Wein und Obstbäumen) liegt 150 km von der Stadt entfernt, aber es sieht so alt aus, das Leben ist so beschaulich dort und seine Sitten und Gebräuche halten sich so zäh, daß man glauben möchte, es läge viel weiter abseits und viel weiter zurück in der Zeit. Es ist, als führe man mit dem Auto in ein anderes Zeitalter, in eine andere Geschichte, in einen anderen Lebensraum, der von der Stadt durch eine unaufhebbare Schranke getrennt ist. Man taucht allmählich ein, als gehört jeder Baum, jeder grüne Grasstreifen zum Vorgarten eines Paradieses, das den Weitergehenden erwartet.

Es ist ein sehr ruhiger Ort, obwohl im Sommer der Ansturm der Touristen den Frieden und die Harmonie der alten Bauernhöfe und der gepflasterten Wege, auf denen die Schafe trotten, ein wenig beeinträchtigt. In diesem Sommer war es heiß, und die Grillen zirpten tagsüber ohne Unterlaß, und nachts ließen die ohrenbetäubenden Motorräder der Stadtjugend (mit überschüssigen Hormonen) einen nicht schlafen.

Am ersten Nachmittag sah ich, als ich unauffällig um Michelles Haus schlich, einen recht jungen Mann von dunklem Teint, mit schwarzen Augen; sicherlich ein Ausländer. Er lächelte sanft und fein, absolut verführerisch. Seine sehr weißen Zähne hoben sich von der Bräune der Gesichtshaut ab. Wie üblich hatte mir Michelle mit keinem Wort etwas von ihm gesagt. Wir beide üben Zurückhaltung bezüglich unserer persönlichen Beziehungen. Ich hielt ihn für einen Landarbeiter, einen der jungen Männer, die zur Ernte oder Weinlese aus Nordafrika kommen und denen es unter großen Anstrengungen gelingt, es in einem Dorf auszuhalten, das sie nicht kennen, dessen Leben sie sich aber anzupassen versuchen.

Ich streifte in der Nähe von Michelles Haus zu einer Tageszeit herum, zu der sich die Einheimischen von ihrer Siesta erheben und der intensive süßliche Geruch von gebratenem Lammfleisch über den Feldern hängt.

Der Junge, der es leid geworden war, vergeblich um das noch geschlossene Restaurant Michelles herumzuschlendern, ging nun federnd und lautlos wie eine Katze in die einzige Bar am Ort, am baumbestandenen Dorfplatz vor dem Steinbrunnen und dem versiegten Fluß, über dessen Bett sich aber noch eine geschwungene romantische Steinbrücke voller Kletterpflanzen und saftiggrünen Büscheln erhalten hat. Auf der Terrasse der Bar standen einige weißgestrichene Eisentische mit aufgespannten Sonnenschirmen, die Reklame für eine Wermutmarke machten; hier spielten die alten Männer des Dorfes laut und begeistert Karten. Der junge Mann, dem ich gefolgt war, ohne daß er es bemerkte, ging in der Absicht, sich anzubiedern, auf die Einheimischen zu und sagte etwas Witziges zu ihnen. Niemand forderte ihn auf mitzuspielen.

In der Bar gibt es einen Billardtisch, er steht unter einem Gewölbe und wird von einer weißen Lampe mit Messingschirm beleuchtet. Für eine Dorfbar ist es ein recht guter Billardtisch: die Stöcke sind neu, das Filztuch ist noch recht ansehnlich, und die Tischkanten sind aus Metall. Ich lud ihn zu einer Partie ein. Zu keinem Zeitpunkt erzählte ich ihm, daß ich der Sohn von Michelle bin. Er nahm sofort an, weil er ein bißchen Gesellschaft brauchte.

Sorgfältig legte ich das schwarze Dreieck und brachte die weiße Kugel in die Ausgangsposition. Das Los hatte mich begünstigt, ich war als erster dran. Ich zielte auf die glatte gelbe Kugel an der Spitze des von den übrigen Kugeln gebildeten Dreiecks. Ich stieß schnell und genau zu, und die Kugel schoß wie aus der Kanone. Ich hörte, wie die Kugeln hart aufeinander trafen und dann auseinanderliefen. Mit einem einzigen Stoß schickte ich zwei Kugeln ins Loch – abgehakt.

Ich bereitete den nächsten Stoß vor und beförderte die Kugel Nummer 6 in eins der Löcher. Er sah mir anscheinend gleichgültig zu, bereit zu verlieren. Ich schoß noch eine ins Loch. Dann verpatzte ich absichtlich den nächsten Stoß, um ihm eine Chance zu geben. Er spielte ganz ordentlich, so daß ich den Punktevorsprung, den ich zunächst hatte, nicht halten konnte. Als ich die Spitze meines Queues mit der blauen Kreide einrieb, um die schwarze, die letzte Kugel ins Loch zu stoßen, stellte ich mir die Frage, wieviel dieser Ausländer wohl bereit wäre aufs Spiel zu setzen, um eine einzige Sache zu gewinnen, den liebevollen Schutz Michelles.

Ich zielte sehr genau, nahm mir Zeit, und die schwarze, glänzende Kugel schoß auf das richtige Loch zu.

– Weißt du, worin sich ein guter Spieler von einem schlechten unterscheidet? fragte ich den Jungen, der ergeben seine Niederlage akzeptiert hatte.

Er schüttelte schüchtern den Kopf.

– Ein guter Spieler ist immer bereit, eher zu verlieren als zu gewinnen.

Auf ein Nußbaumbrettchen mit Rinde hatte Michelle in ihrer runden Schrift voller Schnörkel »Geöffnet« geschrieben, vor und hinter das Wort eine Lilie gemalt und das Brettchen an den Balkon gehängt. Neben der breiten, massiven Holztür hatte sie in einer kleinen Nische hinter Glas die Tageskarte eingeschlossen; sie war mit der Hand auf Pergament geschrieben, *Chez Michelle* stand in roten Buchstaben darauf. Ein gemütlicher Gastraum mit Feldsteinen, ein Gefäß mit Wiesenblumen, klassische Musik und eine Angestellte – ebenfalls Französin –, die die Gerichte einer Karte serviert, die zwar nicht umfangreich, aber gut zusammengestellt ist.

Ich glaube nicht, daß Michelle große Unterschiede zwischen Aix, wo sie herstammt, und diesem Ort hier im Baix Empordá gefunden hat, wo sie nun schon seit so vielen Jahren lebt. Aber in Aix – daran erinnere ich mich – gab es mehr Lavendelfelder. Ihr Zuhause, das Restaurant, liegt hingegent in einer Pflanzung von Sonnenblumen, die den Kopf neigen, wenn es dämmert. Meine Kindheit? Der warme Geruch der »Preßrückstände«, den die Ölfabrik verströmte. (Ein Geruch, den ich manchmal vergeblich in der Stadt suche, die nur nach verbranntem Benzin und muffigen Lumpen riecht).

Sie wird auch keine großen Unterschiede zwischen dem Französisch in Aix und der alten Langue d'oc, die in diesem Dorf des Empordá gesprochen wird, festgestellt haben, obwohl sich die Strenge und der Ernst der Langue d'oc doch etwas abheben von der aufgesetzten Lieblichkeit des Französischen.

Wenn ich sie besuche – einmal im Jahr zur Sommerszeit –, begleite ich sie gerne bei den Einkäufen auf dem Markt im nächsten Ort. Wir stehen zeitig auf; Michelle nimmt die Taschen, und wir steigen in ihren alten schwarzen Peugeot, den »Dinosaurier«, den unten herum zwei gelbe Streifen schmücken.

Wir fahren über die sanft geschwungene Steinbrücke über einen versiegten Fluß und durch die Doppelreihe von hohen Pappeln, deren Blätter sich leicht bewegen. Michelle liebt die Erde, den Geruch der Schafe, den Himmel, der sich ständig verändert, das Wasser, das verborgen zwischen den Steinen plätschert. Sie kennt die verschiedenen Salate, Paprikaschoten und Bananen. Auf dem Markt verhandelt sie direkt mit den Bauern und Bäuerinnen, kauft die besten Kartoffeln, die zartesten Zwiebeln. Ich, ein Stadtmensch aus Beton, Zement und Ampeln, bleibe etwas zurück und beobachte sie wie ein Prinzgemahl. Zwischen den Bergen von Knoblauch und dem süßen Duft reifer Pfirsiche kommt es mir so vor, als hätte ich für eine kurze Zeit Zugang zu einem verlorenen Paradies, dem Paradies der Kindheit, das nur unter der Bedingung ein Paradies ist, daß man hineingehen und es wieder verlassen kann. Michelle kann während der Einkäufe ganz und gar auf mich verzichten, der ich vor dem malerischen Anblick eines Kräuterbüschels und goldner, durchscheinender Weintrauben in Entzückung gerate.

Die *mère* Michelle ist als gute Französin außerordentlich sparsam, ohne geizig zu sein. Sie verzichtet nicht auf ein Gewürz, weil es zu teuer ist, aber sie will auch nicht übervorteilt werden. Nie sprechen wir über Geld: Beide würden wir das als viel zu banal empfinden. Weder über Geld noch über Frauen. Über Männer auch nicht; noch nie hat sie mir etwas über diese jungen Ausländer anvertraut, die Sommer für Sommer wie heiße Kater ums Restaurant schleichen.

Mit den Jahren sind Michelles Besuche in der Stadt seltener geworden, sie kann Lärm, Massen, Gestank, Feindseligkeit und Geschäftigkeit nicht ausstehen. Sie zieht es vor, daß ich sie besuche, im August und an einem Wochenende im Winter. Das Gehöft, in dem sie lebt, und das sie kaufte, als ich noch klein war und sie beschlossen hatte, sich in dem Dorf niederzulassen, hat mehrere Zimmer, und ich kann irgendeins bewohnen. Ich bin ihr dankbar, daß sie kein bestimmtes für mich bereithält, das empfände ich als einen unausgesprochenen Vorwurf, als die Anklage einer Verlassenen.

Die einzigen Reisen, die sie in dem alten Peugeot mit den gelben Streifen noch unternimmt, führen sie nach Paris, aber auch die werden immer seltener.

Mich lockt Paris nicht mehr. Ich würde den südamerikanischen Urwald vorziehen, wo möglicherweise mein Vater umherirrt. Michelle schweigt. Ein Gespräch über meinen Vater regt sie auf. Mir gefallen die Leute, die sich aufregen können, ohne die geringste Anstrengung zu unternehmen, zu verstehen, etwas Gerechtigkeit walten zu lassen.

– Ein abwesender Vater, sagte eines Tages die Psychotherapeutin, wird idealisiert, trotz des Verdrusses Ihrer Mutter.

– Bewußt habe ich ihn nicht entbehrt, antwortete ich. Michelle war Mutter und Vater zugleich. Liebe und Gesetz in einer Person – so wurden Konflikte vermieden. Ich habe erst angefangen, über ihn nachzudenken, als ich seinen Berufsweg, den Journalismus, einschlug und davon ausging, daß er im amerikanischen Urwald auf den Spuren irgendeiner gescheiterten Revolution oder auf den Spuren einer Indianerin mit schönen Hüften verschwand. Noch etwas Gescheitertes: das Verlangen.

Die Zisterne im *Chez Michelle* hört sich nachts an wie die Sirene eines gestrandeten Schiffes.

Das Zimmer im *Chez Michelle*, in dem ich schlafe, hat einen Steinfußboden, hohe, weiß gestrichene Wände und eine Schräge, die von dicken, sehr alten Balken gestützt wird. Das Zimmer ist außergewöhnlich karg eingerichtet, wie eine Mönchszelle; es gibt nur ein niedriges Bett, auf dem eine von Michelle gearbeitete Patchwork-Decke liegt, eine Holztruhe mit Eisenbeschlägen und ein Waschbecken aus Porzellan. Am nächsten Morgen kommt mir, ob ich will oder nicht, beim Aufstehen mein Konterfei in dem ovalen Spiegel über dem Waschbecken entgegen. Ich betrachte mich: ein komischer Typ mit den Augenringen des Stadtmenschen, nikotingelben Zähnen, in Aix geboren – wen interessiert das schon –, dessen Lungen, die mit Kohlendioxid vollgepumpt sind, ein paar Tage lang die Segnungen der Landluft genießen.

Die ersten beiden Ferientage im *Chez Michelle* verbringe ich halb im Liegen, betäubt, schläfrig vom Sauerstoff. Um mich wohlzufühlen, müßte ich mich in eine verräucherte und verpestete Spielhölle stürzen. Das Dorf wirkt wie eine dieser Radikalkuren, die damit beginnen, daß man sich zunächst schlechter fühlt.

Das einzige Spiel, dem Michelle frönt, sind die Kreuzworträtsel in der Zeitung. Jeden Morgen – Michelle ist Frühaufsteherin – steigt sie in den schwarzen Peugeot mit den gelben Streifen, den »Dinosaurier«, und fährt nach La Bisbal, um die Zeitung zu kaufen. Unter den alten Schwibbögen der ehemals römischen Stadt nisten altmodische Läden: ein Herrensalon voll alter Drehstühle mit Metallpedalen, eine Konditorei, die Gebäck und Kuchen aus Mandelteig herstellt, ein Kurzwarengeschäft, in dessen Schaufenster lange Baumwollunterhosen für den Winter ausgestellt sind, ein altes Café mit Jugendstilvordach, das seine Tische und Stühle in den ehrwürdigen Schatten der Arkaden stellt, und ein Kiosk mit Zeitungen und Zeitschriften. Michelle kauft die Zeitung, schlägt die Seite mit dem Kreuzworträtsel auf, bestellt einen Milchkaffee und löst in kurzer Zeit das Rätsel. Seit ich mich erinnern kann, seit meiner Kindheit, pflegt sie diese Gewohnheit wie ein kleines, befriedigendes Laster. Das macht sie jeden Tag, im Sommer wie im Winter. Aber im Winter stellt das Café die Tische und Stühle nicht unter die Arkaden, so daß Michelle drinnen Platz nehmen muß: unter der getäfelten Decke, vor den alten schmalen Spiegeln. Das tat sie schon immer, auch schon zu einer Zeit, als es noch anrüchig war, wenn eine Frau allein in einem Café saß.

Nie legte sie das Kreuzworträtsel beiseite, ohne es gelöst zu haben. Das ist eine Herausforderung für sie. Michelle war schon immer eine offene und selbstsichere Frau. Immer weniger interessieren sie die übrigen Seiten der Zeitung. Fünf waagerecht: »Liebe deinen ...« sprach Jesus. NÄCHSTEN. Michelle trägt der Welt gegenüber eine distinguierte Gleichgültigkeit zur Schau, die eine tiefsitzende Verwundbarkeit überspielt. Die Welt hat sie nicht um ihre Meinung gebeten, als sie ihren Lauf bestimmte, und Michelle reagiert darauf mit grenzenloser Nichtbeachtung. Zwölf waagerecht: »Wo die Cowboyfilme spielen«. WILDWEST. Ich glaube, daß Kreuzworträtsel lösen so etwas wie der Beweis für ihre Selbstgenügsamkeit ist, die einzige Kontrolle ihrer geistigen Gesundheit, der sie sich ohne fremde Einmischung unterziehen kann, denn Michelle ist immer schon unabhängig, frei und selbständig gewesen. Und in der Tat hat sie einige Schlachten geschlagen: in einem politischen Ausschuß, in der Frauenbewegung, aber davon spricht sie nicht, ebensowenig, wie sie von der Abwesenheit meines Vaters spricht.

Acht senkrecht: »Filme sind damit beschichtet«. EMULSION.

Manchmal bringe ich ihr einige Ausgaben der Zeitschrift mit, bei der ich arbeite. Die blättert sie ohne besonderes Interesse durch, und es ist nicht nötig, daß sie etwas sagt: Manchmal kann ich ihre Gedanken lesen.

An dem Nachmittag, an dem ich ankam, war ich in der Bar des Dorfes und trank wie die anderen Touristen ein Bier (mich hatte noch niemand erkannt), und plötzlich sah ich Michelle mit ihrer Strohtasche vorbeigehen, dorfauswärts, auf dem Weg zu den Brombeeren, die sie gern sammelt. Schlank, elegant, blond, in einem schwarzen Kleid mit gelben Ornamenten, das eine ihrer schönen sonnengebräunten Schultern freigab, zog sie die Blicke der Stammgäste auf sich. Es war heiß, sie langweilten sich, aber sie machten, ohne mich zu bemerken, ihre Kommentare:

– Eine schöne Frau, die Michelle.

– Ja, sehr schön.

Fünfzehn waagerecht: »Münzen, die bei der Hochzeit als symbolischer Preis überreicht werden«. BRAUTGELD.

– Gefällt Ihnen Ihre Mutter, fragte mich Lucia, die Psychotherapeutin, zu Beginn der Therapie.

– Michelle ist sehr schön, gestand ich.

Mein Vater kam hier zur Welt, in der Nähe dieser Bogengänge. Nach dem Krieg wanderte er mit seiner Familie nach Aix aus. Eines Sommers – Michelle sagt, es sei im Sommer gewesen – lernte er meine Mutter kennen, und noch vor Ablauf eines Monats heirateten sie. Die Ehe dauerte nicht lange (Liebe und Ehe passen nicht zusammen, meint Michelle), und eines Tages, ohne zu wissen, daß ich schon gezeugt war, verschwand er aus Aix in Richtung amerikanischer Urwald. Er wollte eine Zeitung gründen, einen Krieg gewinnen, ein Buch schreiben. Michelle hat ihm anscheinend niemals verziehen, aber kurz nach meiner Geburt sind wir in dieses Dorf gezogen, das sie so sehr an Aix erinnert, mit seinen Weizenfeldern, den Schafen auf den gepflasterten Wegen und den Sonnenblumen, die den Lavendel ersetzen.

Es liegt etwas Rätselhaftes, Geheimnisvolles im frühen Tod und im Verschwinden eines Menschen. Mein Vater verschwand spurlos, und meine Sehnsucht ist nur eingebildet, weil ich ihn ja nicht kannte. Michelles Groll hingegen ist ambivalent: Sie verabscheut ihn, weil er sie verließ, aber sie glaubt, daß sie als Mann genauso gehandelt hätte.

Einmal im Jahr, gegen Ende August, wenn die Nächte heiß sind und es schwer und süßlich nach gebratenem Lammfleisch riecht, veranstaltet Michelle eine Pokerpartie im Gehöft. Sie lädt den Stellvertreter des Bürgermeisters ein, einen stämmigen Lastwagenfahrer mit gegerbter Haut und Hakennase, den französischen Psychiater, einen dünnen Glatzkopf im kurzärmeligen weißen Hemd und mit Brille, der den Sommer im Dorf zu verbringen pflegt, sowie den Besitzer der Bar am Dorfplatz.

Zu dieser Stunde hat sie die Türen des kleinen Restaurants schon geschlossen, in dem sie selbstgemachte Gänseleber oder Kalbszunge in Kräutersauce an leinengedeckten Holztischen serviert.

Diese einmalige jährliche Partie wird bis zur Morgendämmerung gespielt. Der Psychiater kann nicht gut verlieren, erzählt Michelle verwundert. Sie glaubt, daß ein Psychiater unerschütterlich wie Gott sein müßte.

Ich bin nicht mit von der Partie: Ich spiele nicht gern mit Bekannten. Ich bin ein sensibler Spieler; Gefühle – Sympathie oder Mitleid – bringen mich durcheinander, machen mich schwach und angreifbar.

– Ein Spieler darf keine Gefühle haben, bemerkt Michelle.

Michelle spielt gegen die anderen. Ich spiele nur gegen den Zufall.

Antich, der beste Schachspieler der Universität, der normalerweise bis zu fünfzehn Partien gleichzeitig gewann, war nicht in der Lage, Clara, eine schöne Kommilitonin, die nicht einmal mittelmäßig spielte, zu besiegen. Da war es Antich klar, daß er sich in sie verliebt hatte.

– Mir gefällt Ihr Pokergesicht nicht, sagte ich während einer der ersten Sitzungen zur Psychotherapeutin. Lucia ist eine schöne, sehr attraktive Frau, aber sie hörte mir mit einem kalten, unbeteiligten Gesichtsausdruck zu.

– Ganz recht, antwortete sie, der Psychotherapeut soll ein Pokergesicht aufsetzen.

In Michelles Dorf gibt es kein Kasino, kein Bingo und keine Spielhalle. Nur das amerikanische Billard in der Bar und ein paar Kartenspiele für die faden Partien im Sommer. Die Bauern spielen nicht um Geld, da es ihnen heilig ist. Das Glück, das launische Rad der Fortuna, paßt zu den Phantasien, zum Ehrgeiz, zu den unerfüllten Wünschen der großen Städte. Die ländlichen Spiele sind sehr viel ursprünglicher. Geld hat da nichts zu suchen, es geht um handfeste, anfaßbare Güter: ein Schwein, eine Kuh, ein Huhn, ein Maultier oder um Charaktereigenschaften, die von der Gemeinschaft hoch geschätzt werden, wie Mut, Stärke oder List. Vor den Stieren herlaufen, Steine heben, Hasen jagen, einen eingeseiften Mast hochklettern, eine Pyramide aus Menschen bauen: das sind rituelle Gemeinschaftsspiele, und die, die mitspielen, können schlimmstenfalls ihr Leben verlieren, aber keinesfalls Geld wie die Stadtmenschen bei ihren Salonspielen. Und wenn der Städter gewinnt, so gewinnt er nur Geld, d.h. das Mittel, nicht das Ziel. (Die Soldaten, die unter dem Kreuz um die Kleider Jesu würfelten, waren Städter, wie auch die Spanier, die um den großen

Sonnentempel der Inkas im alten Mexiko spielten, Städter waren, ein Hauptmann und ein Anführer).

Meine Sommeraufenthalte im Dorf sind kurz. Obwohl ich mich am Anfang durch die reine Luft, den Geruch des Heus, den süßen Duft des Geißblatts und der Königin-der-Nacht neu belebt fühle, und ich die ockerfarbenen Steinbögen mit ihrer sanften Wölbung wie weibliche Bäuche bewundere, werde ich im Verlauf der Tage immer unruhiger. Michelle, die meine Unrast spürt, bemerkt dazu halblaut:

– Du arbeitest so viel, daß du mit deiner Zeit nichts anzufangen weißt, wenn du mal ein paar freie Tage hast.

Es gibt allerdings etwas, das ich an den ländlichen Gewohnheiten bewundere: das Fehlen alles Überflüssigen. Die Gegenstände haben keinen Prestigewert, man besitzt sie, weil man sie benötigt, weil man sie benutzt (den Spaten, die Gabel, das Waschbecken, die Truhe, die Tongefäße); das nur Schmückende oder Banale gibt es gar nicht. Die schmückenden Gegenstände, schlicht und einfach, wie die Strohkörbe oder die irdenen Sparbüchsen, haben nichts Geschnörkeltes, sie sind aus natürlichen Materialien, die die Erde hergibt, gemacht. Die Gegenstände, die Haushalts- oder Arbeitsgeräte, halten lange (länger als ein Menschenleben), und wenn sie kaputtgehen, werden sie wieder repariert.

Die Dorfbewohner essen nicht in Michelles Restaurant. In Michelles Restaurant (das in den wichtigsten Reiseführern genannt wird) kommen die Städter, nachdem sie telefonisch einen Tisch reserviert haben.

– Ich habe noch gar nicht deine Nachbarin gesehen, der der Stall gehört, sage ich zu Michelle. (Die Abwesenheit eines Dorfbewohners fällt sofort auf. Da alles seinen Platz und seine Zeit hat, bleibt nichts unbemerkt).

– Sie ist weggezogen, bescheidet mich Michelle so knapp wie immer, wenn sie keine Lust hat, über ein Thema zu sprechen.

Wie seltsam. Sie kam in diesem Dorf zur Welt, verheiratete sich hier, bekam hier ihre Kinder, wurde hier Witwe, genauso wie auch ihre Vorfahren durch zehn Generationen hindurch.

– Ihr Sohn ist gestorben, erklärt Michelle. Sie wollte nicht mehr im selben Haus, im selben Dorf mit all den Erinnerungen leben. Sie wohnt jetzt bei einem ihrer Vetter, zwanzig Kilometer von hier.

Zwanzig Kilometer: Eine große Entfernung für jemanden, der immer am gleichen Ort, dem seiner Vorfahren und seiner Erinnerungen gelebt hat. Wie im Exil. Wie hinter Meer und Gebirge. Das Exil meines Vaters. Von Barcelona nach Aix sind es mehr als zwanzig Kilometer.

In der Stadt, wo man nur schwer an eine Wohnung herankommt, zieht niemand um, weil ihm der Sohn, die Frau oder die Katze gestorben ist.

Ich verbringe einen ganzen Tag damit, das Geschehen im Dorf zu beobachten: die Tätigkeit eines Journalisten, könnte man sagen. (»Machen Sie mal einen Tapetenwechsel«, riet mir die Psychotherapeutin. Ein billiger Rat, für den ich viel Geld bezahlt habe).

Mit einem Fernglas, das mir Michelle vor ein paar Jahren geschenkt hat, Papier und Schreibzeug ausgerüstet, beziehe ich Stellung auf der Terrasse des *Chez Michelle* und fülle im Kopf die Seiten eines Tagebuchs des ländlichen Lebens.

16.15: Es kommt eine Herde Schafe. Ihre Farbe ist nicht zu unterscheiden von der frisch geschnittenen Strohs. Ihre gesenkten Köpfe nicken ständig beim Gehen. Sie tun sich zu kleinen Gruppen zusammen. Die Andersfarbigen, die schwarzen, heben sich ab. Sie werden gehütet von einem Hund mit dichtem Fell, das sicher einmal weiß gewesen ist, und von einer Frau mittleren Alters, die einen dürren Stock in der Hand hält. Ich wüßte gern, ob diese Frau die Stadt kennt.

16.30: Eine Libelle mit durchsichtigen Flügeln fängt an, um meinen Kopf herumzufliegen.

17.30: Ich entdecke auf der Terrasse einige Töpfe mit neuen Pflanzen, die Michelle gestern auf dem Markt gekauft hat. Sie sollen die Stechmücken vertreiben.

Unter der zehnten Dachpfanne, sechste Reihe von rechts, fliegen Schwalben ein und aus.

Eine schöne junge honigfarbene Katze klettert lautlos die mit Geißblatt und Bougainvillea bewachsene Mauer hinauf. Oben angekommen, duckt sie sich, legt sich auf die Lauer. Ich weiß nicht, was sie gesehen hat, aber sie ist gespannt, ganz bei der Sache, bereit zu jagen.

18.10: Das Wetter. In die schwüle, stehende Hitze vom Mittag bringt ein frischer Wind Bewegung; er heißt Garbi und kommt vom Meer.

18.15: Ein Spatz fliegt schnell vorbei mit einem trockenen Halm im Schnabel, der länger ist als er selber. Meine Güte! Bei diesem plötzlichen Wind ist sicher das Nest beschädigt worden und muß repariert werden.

Vom Glockenturm der Kirche werden per Lautsprecher die vollen, die Viertel- und die halben Stunden geschlagen.

Michelle geht nicht zur Kirche: Sie ist liberal, freidenkerisch, Atheistin und Feministin, wie es sich für eine Frau gehört, die in den siebziger Jahren jung war.

Durch das Fernglas erahne ich die giftigen Beeren der Hekke. Sie sind bekanntlich deshalb giftig, weil sie schön sind. Wie die Pilze und manche Frauen.

Ich kenne die Namen der meisten Bäume und Pflanzen nicht, ebensowenig die vieler Insekten, kleiner Käfer und Vögel. Der Natur Namen geben war sicher eine Aufgabe der Dichter. Ich bin ein Stadtmensch, ich verstehe nur etwas von Männern und Frauen. Der Nußbaum mußte von der Eiche unterschieden, ihre Früchte mußten probiert und klassifiziert werden. Jemand erfand das Bild von der trauernden Weide; jemand taufte die blauen Wärzchen Heidelbeeren, probierte die grünen Brombeeren (unverdaulich) und die reifen (»und sah, daß es gut war«), holte die Mandeln aus der Schale, destillierte Mohn, legte die Sonnenblumenkerne zum Trocknen aus und brannte den Ton.

Ich fragte mich, ob die Erfindung der Zahlen wichtiger war als die, Fleisch zu braten.

19.00: Der süßliche, aufdringliche Geruch von gebratenem Lammfleisch verbreitet sich wie jeden Abend.

Ab dem 15. August kann man jedes Jahr, wenn man den dunklen Himmel über dem Empordá betrachtet, einen Schwarm von Sternschnuppen beobachten. Sie drehen sich einen Moment, beschreiben einen goldenen Bogen und verlöschen. Gestern nacht habe ich vier gesehen (sechs, korrigiert mich Michelle, die einen größeren Beobachtungsradius hatte).

Die Doppelnummer der Zeitschrift ist im Sommer den Ferien von Prominenten gewidmet. Feste auf Kreuzfahrten im Mittelmeer, Privatinseln, Rockkonzerte, Diskotheken, die die ganze Nacht über geöffnet sind, internationale Techtelmechtel und Ehebrüche. Große Zurschaustellung ganzer Berge von Menschenfleisch: nackte Brüste, Hinterteile mit winzigen Seidentangas, eingeölte Muskelpakete, gebräunte Beine. Cremetöpfe, Schönheitschirurgie, hormongestützte Busen, tätowierte Penisse. Und Affären. Publicityträchtige Affären, außergewöhnliche Affären, adelige Affären, Filmaffären, Bankaffären, Theateraffären, Jugendaffären, Wechseljahrsaffären, politische Affären, stinknormale Affären und exotische Affären. Affären und das Ende von Affären. Eine Umfrage, die die Zeitschrift durchführte, hat ergeben, daß Strumpfbänder aus schwarzer Spitze mit weißen oder roten Applikationen wieder modern werden. Ein Marquis, ein bekannter Schürzenjäger, erklärt öffentlich: »Ich gehe nie mit einer Frau ins Bett, deren Unterwäsche weniger als fünftausend Peseten kostet«.

Im Sommer steigt die Auflage der Zeitschrift.

– Die Leute wollen seichte Literatur lesen, sagt der Chefredakteur der Zeitschrift. Ich frage mich, woher er das Wort »Literatur« hat. Normalerweise spricht er von Produkten. Mit der Sommersondernummer verschenken wir ein Pröbchen Sonnenschutzmittel.

Am nächsten Morgen im Dorf löse ich das Schachproblem in der Zeitung, die Michelle kauft. Pferd auf f6, Läufer auf c4. Ich löse das Schachproblem in zehn Sekunden, die Zeit, die ein guter Spieler braucht. Ich bin in Form.

Ich stehe früh auf. Hier ist die Zeit anders als in der Stadt. Ich gehe auch früher zu Bett. Eine angenehme Schläfrigkeit überkommt mich nach dem Abendessen, während ich die flüchtigen Meteoriten beobachte, und ich schlafe ruhig und zufrieden bis zum nächsten Tag. In meiner Wohnung in der Stadt leide ich sehr oft unter Schlaflosigkeit. Wenn die Spielsäle schließen, bin ich nervös und aufgekratzt (fast immer habe ich verloren) und suche eine noch geöffnete Bar, um etwas zu trinken. Aber das macht mich auch nicht ruhiger. Ich erkenne die Nachtschwärmer und Nachtschwärmerinnen: Das sind Leute, die sich fast gar nicht mehr für ihre Arbeit oder für den Sex interessieren (enttäuschte Anwälte, Schauspielerinnen ohne Engagements, versoffene Journalisten, Polizeispitzel, arbeitslose Drehbuchautoren, bankrotte Spieler, Kokainsüchtige auf Turkey, Schriftsteller ohne Verleger, Huren, Stricher, geschiedene Männer, geschiedene Frauen, Models, Spekulanten ohne Moos); sie alle schieben den unseligen Moment hinaus, in eine Wohnung zurückzukehren, die leer ist oder aber mit jemandem geteilt wird, der einem gleichgültig oder Feind geworden ist. Sie konsumieren alles, was sie finden: Alkohol, Zigaretten, Marihuana, Hasch, Kokain, Pistazien, Kartoffelchips und Säfte, mit einer Gier, die die innere Verzweiflung verrät.

Wenn ich verloren habe (was an den meisten Abenden der Fall ist), nehme ich mir unmittelbar vor dem Nachhausekommen das Versprechen ab, mein Leben zu ändern. Ich werde Joghurt essen, leichte Zigaretten rauchen, mich nur noch von Gemüse und Obst ernähren, keinen Bingosaal und kein Kasino mehr betreten, Baldrian statt Schlaftabletten nehmen, ein Sparkonto eröffnen, Mitglied in einem Sportclub werden und eine Lohnerhöhung verlangen. Was mir dann noch fehlte, wäre: ein Mädchen finden, die »Ehe schließen« und Kinder zeugen. Aber diese Aussicht bereitet mir so viel Überdruß und Trostlosigkeit, daß ich, nachdem ich zwei Valium geschluckt habe, mit der stummen Bitte einschlafe: Mein Gott, beschütze mich vor der Mittelmäßigkeit.

Aber wenn ich im *Chez Michelle* bin, gehe ich vor Mitternacht zu Bett und stehe früh auf. So weit, so gut; aber nach einer Woche fange ich an, mich zu fragen, was ich hier eigentlich verloren habe.

Man braucht sich nur den Fuß an einer Distel zu stechen, nur Heuschnupfen zu bekommen, sich den Magen an unreifen Brombeeren zu verderben, sich in einem Stall Flöhe zu holen, von einem streunenden Hund gebissen zu werden oder zu bemerken, daß sich alle Vorhänge bewegen, wenn man durchs Dorf geht, damit das vom Städter auf Urlaub ausgemalte Landleben seine ganze Feindseligkeit offenbart.

Am letzten Abend meines Aufenthaltes im Dorf hatte Michelle viele Gäste. Städter in Ferien, gerade aus der Stadt angekommen. Sie sind begeistert von dem Haus aus Feldsteinen, von den rustikalen Tischen aus unbehandeltem Holz, von den leeren Flaschen, die als Kerzenhalter dienen, vom Schmuck aus Blumen und trockenen Zweigen.

Im Winter macht Michelle das Restaurant nur am Wochenende auf. Die langen Winter sind feucht und windig, und man verbringt sie mit kleinen Flechtarbeiten. Es wird früher dunkel, Michelle macht dann mit trockenem Pinienholz ein Feuer im Kamin und brät manchmal über der Glut ein paar Zwiebeln und ein Stück Rindfleisch. Sie hört Musik (die traurigen Lieder von Schubert, die späten Lieder von Strauß) und sie liest. Meistens liest Michelle Tierbücher. Sie sagt, wenn sie meinem Vater im Exil in Aix nicht begegnet wäre, hätte sie in Afrika das Verhalten von Gorillas, Löwen und Schimpansen studiert. Aus dem Grund habe ich ihr auch ein ganz besonderes Geschenk gemacht: ein Buch von Subirós, dem katalanischen Anthropologen, in dem er behauptet, daß Gorillas und viele andere Affenarten ein kulturelles Verhalten zeigen, das nicht vom Instinkt gesteuert wird.

Im Winter wird sie manchmal von einer alten Freundin oder einem Freund aus der Zeit des »Make love, not war« besucht.

– Ich stelle sie gern auf die Probe, vertraut mir Michelle an. Ich erzähle ihnen von der Sprache der Wale, von den kulturellen Betätigungen der Schimpansen und vom Zusammengehörigkeitsgefühl der Elefanten. Die Ichbezogenen, erklärt sie mir, halten das Thema nicht aus und versuchen, sich über etwas anderes zu unterhalten. Sie sind der Meinung, daß das eine fixe Idee von mir ist, eine Alterserscheinung.

Andere ziehen die Forschungsergebnisse in Zweifel. Und die mit den Hintergedanken, fährt sie fort, führen mein Interesse und meine Neugier den Tieren gegenüber auf eine Übertragung der Libido zurück. Sie machen die Abwesenheit deines Vaters dafür verantwortlich. Sie wissen nicht, sagt sie abschließend, daß mich die Gorillas früher schon intensiver interessiert haben als jener junge träumerische und egozentrische Rebell, der nach Amerika ging, um eine Zeitung zu gründen, einen Krieg zu gewinnen oder mit den Eingeborenen herumzuvögeln.

– Worüber wollte mein Vater eigentlich ein Buch schreiben?

– Über sein eigenes Leben, den Roman, den alle schreiben, meinte Michelle, als die Gäste gegangen waren.

Es gibt keine zwei Romane, die sich gleichen. Und einige erleben nicht einmal ihren eigenen Roman, sondern nur das Fernsehen.

– Es wäre schön, wenn du noch ein paar Tage bliebest, sagt Michelle an diesem Abend.

Nein, Michelle, es gibt kein Zurück. Niemand kehrt jemals zurück. Odysseus kommt nicht nach Hause: seine Diener, seine Freunde, seine Nachbarn erkennen ihn nicht. Er kehrt nicht nach Ithaka zurück: Er kommt an einen Ort, wo ihn niemand mehr kennt. Vielleicht ist mein Vater genau aus diesem Grund nicht wiedergekommen, weil er wußte, daß eine Heimkehr unmöglich ist. Michelle hatte sich verändert (er hatte eine jung verheiratete Frau verlassen, die nun Mutter war);

ein unbekanntes Etwas, ich, schlabbernd, verschüchtert, unselbständig wie alle Kinder, egoistisch, sadistisch, herrisch wie alle Kinder, hatte sich im Haus und in ihrer Sehnsucht eingenistet, diesem flatterhaften Wesen, das eine Frage und keine Antwort ist. Gleichgültig ob er sein Buch schon geschrieben hätte oder nicht – wir werden das nie erfahren –: seine Rückkehr hätte auf jeden Fall ein anderes Buch erfordert.

Aber um gehen zu können, um dich einmal ohne Schmerz verlassen zu können (ich bin ein Liebhaber, der kommt und geht, Michelle), muß ich irgendein Verlangen verspüren. Etwas muß mich schnell zur Stadt, in meine Wohnung, in die Redaktion, zur Arbeit zurückführen, zurückholen. Nur das Verlangen, sei es auch noch so illusorisch, bewahrt uns vor der Trauer über den Verlust, vor der Trauer über das Vergängliche, vor der Trauer über das Flüchtige.

Und das Verlangen, das einzige Verlangen, das ich habe, ist (aber das werde ich dir nie beichten) wieder zu spielen. Mein Zuhause ist weder eine weiße, sterile, von einem Topdesigner eingerichtete Wohnung noch die geschäftige Redaktion der Zeitschrift mit ihren eingeschalteten Computern, ihrer Rund-um-die-Uhr-Bewachung und ihren Faxgeräten, die kilometerlange Papierfahnen ausspeien. Mein Zuhause, Michelle, mein Zuhause ist der Spielsaal mit seinen warmen Lüstern, seinem roten, die Schritte dämpfenden Teppichboden, den großzügigen Toiletten mit ihren hohen Marmortischen und Spiegelreihen, den Türstehern, die mich kennen und mich mit einem leichten Kopfnicken begrüßen.

– Wie geht es Ihnen heute? fragen sie mich. Wünscht der Herr etwas zu trinken?

Hier fühle ich mich aufgehoben, wohl und behaglich. Ich wähle einen Tisch aus, möglichst einen für mich alleine, kaufe drei Karten, betrachte die Anzeigentafel, zünde mir eine Zigarette an, mache es mir im Sessel bequem, nehme einen Kugelschreiber zur Hand, und schon höre ich, wie eine sanfte Litanei, wie einen inhaltsleeren Gesang, das Tröpfeln der Zahlen, die zufällige Kombination von Ziffern.

Ich nehme Abschied von Michelle, von den Ferien, steige in meinen weißen Escort mit Glasschiebedach (»Sie können den Mond und die Sterne dadurch betrachten«, hatte der Verkäufer des Autohauses gesagt, und ich hatte gelacht. Wer betrachtet in der Stadt schon den Mond oder die Sterne! Von wo aus soll man sie denn sehen? Aber das ebenso naive wie kindliche Argument fand ich so sympathisch, daß ich ihn kaufte), und schon bin ich auf der Autobahn und rase Richtung Stadt. Ich habe eine Schwäche für schnelle Autos und Frauen mit langsamem Orgasmus. Ich werfe einen Blick auf das erleuchtete Zifferblatt im Armaturenbrett: noch zwei Stunden bis zur Öffnung des Bingosaals »Billard«. 150 Kilometer. Ich werde da sein, wenn sie beim zehnten oder zwölften Durchgang sind. In den schnellsten Bingosälen beginnt alle acht oder neun Minuten eine neue Partie.

– Entgiften Sie sich, riet mir die Psychotherapeutin. Brechen Sie mit ihren Gewohnheiten. So wie Sie sich angewöhnt haben zu spielen, so sollten Sie sich daran gewöhnen, ohne Spiel zu leben. Aber zunächst brauchen Sie einen Tapetenwechsel.

150 Kilometer: Genug Zeit, um nachzudenken, um zu entscheiden, ob ich wieder spielen werde oder nicht. Ich kann z.B. die ersten fünfzig Kilometer – eine sehr baumreiche Zone

mit Zedern, Pinien, Pappeln, Weiden, Johannisbrotbäumen – dazu benutzen, der Spielsucht zu widerstehen. Die unaufhörlich abgeleierten Melodien der einarmigen Banditen (die aus dem »Dritten Mann«, »Domino«, »Liebestraum«) verführen auf kindische Weise: Pawlowscher Reflex oder so etwas ähnliches. Doch mich ziehen nicht die Klänge an, sondern vielmehr die Lichter der Automaten, die Farben, die aufleuchten und verlöschen, die Abfolge der Computerzeichnungen auf dem Bildschirm: Äpfel, Birnen, Erdbeeren, Weintrauben, Glocken.

– Ein gewiß kindliches Bedürfnis, bemerkte Lucia, die Psychotherapeutin.

– Ich gehöre nicht zu den Erwachsenen, die sich bereitwillig mit dem Verschwinden, mit dem Tod des Kindes, das sie einmal waren, abfinden, antwortete ich schnell. Ich möchte aber auch nicht immer ein Kind sein, füge ich hinzu. Nur manchmal, und wenn es mir Spaß macht.

Während fünfzig Kilometern – ein feiner dünner Regen hat eingesetzt, ein Regen, wie er am Ende des Sommers typisch ist, die Bäume im Dunstschleier, die Hügel mit ihrer blaßblauen Färbung, der Duft der feuchten Erde – kann ich die elektronischen Bildchen dieser kindischen Tombola, das endlose altmodische Geklimper, die gelbliche Uniform der Türsteher im »Billard«, das aufdringliche Make-up der Angestellten, die Gewöhnlichkeit der Gäste dort verachten. Diese dummen Automaten mit ihren plumpen Zeichnungen und Sternchen, die kitschige Prunkausstattung der Bingosäle, mit der Dummköpfe und Trottel beeindruckt werden sollen, die weder im Venedig des neunzehnten noch im Versailles des achtzehnten Jahrhunderts geboren sind, und die das Überladene mit dem Luxuriösen verwechseln, wie sie auch den Journalismus mit der Literatur, die Regierung mit dem Staat, die Ordnung mit der Repression und die Erotik mit der Pornographie verwechseln.

Aber wenn ich mich meinem Spielverlangen widersetze, dann erscheint mir die Welt um vieles schäbiger. Der dünne Regen, der fällt, sieht schmutzig aus, schütter, erbärmlich; die Bäume am Weg gebückt und kahl; die Stadt ein versunkenes Babylon, vermodert, verpestet von Abgasen und Lärm, die Redaktion der Zeitschrift ein zügelloses Bordell (ein wahrer Saustall), die Liebe ein Austausch von Sekreten.

Wenn ich nicht mehr spiele, habe ich noch hundert Kilometer lang aschgraue Bäume vor mir, die Skelette der Zementfabriken, diese zusammengefallenen Brontosaurier, die Mautstellen, auch sie Groschengräber, die enge heiße Wohnung (ein gut eingerichteter Käfig), die Ärsche und Titten in der Zeitschrift und ein Buch mit Essays von George Steiner auf dem Nachttisch, oder schlimmstenfalls einen dieser amerikanischen Fernsehfilme mit dem obligaten Psychopathen, der sich aus den Hautstreifen, die er den von ihm ermordeten Mädchen abreißt, ein Gewand macht.

Nein. Ich will niemand sein, der nicht mehr spielt, der sein Laster überwunden hat und die Grenzen akzeptiert. Ich will niemand sein, der nur deshalb nicht spielt, um nicht zu verlieren, um sich eine Wohnung von siebzig Quadratmetern zu kaufen, mit Aussicht auf einen Innenhof, aber mit Schwimmbadbenutzung, mit ständig verstopften Abflüssen; ich will niemand sein, der in einer solchen Wohnung die Wahl hat, im cremefarbenen Schlafzimmer oder im rosafarbenen Wohnzimmer fernzusehen. Ich möchte kein Endvierziger werden, dem die Haare ausfallen, der Speck ansetzt, am Wochenende Tennis spielt, vor den Vorgesetzten buckelt und die Untergebenen tritt und eine Vorliebe für halbwüchsige Mädchen von fünfzehn Jahren hat. (Die Spieler, die bewußt und willentlich verlieren, haben eine gewisse innere Größe. Eine Vornehmheit, eine Haltung, die man nur den Aristokraten von früher zugesteht. Heutzutage gibt es ja keine wahren Aristokraten mehr: Alle wollen Unternehmer, Banker, Großverdiener sein und Affären mit Schauspielerinnen haben.)

Ich gebe Gas. Tisch Nummer 27 im »Billard« bringt mir normalerweise Glück. Ich hoffe, daß er nicht besetzt ist. Gegen neun Uhr abends habe ich vier oder fünf Partien lang das Gefühl, gewinnen zu können. Dann bin ich so richtig drin in der zufälligen Welt der Zahlenkombination.

Ich lasse meinen Escort einfach irgendwo stehen. Ärzte und Spieler haben es zwar mit unterschiedlichen, aber gleichermaßen gerechtfertigten Notfällen zu tun: Der Patient kann sterben, der Augenblick (jener einmalige Augenblick) der Gewinnchance kann verstreichen.

Aufgeregt, in banger Erwartung, betrete ich den Saal. Der Türsteher mit dem albernen Zylinder begrüßt mich:

– Guten Abend, der Herr. Haben Sie schöne Ferien verbracht? Ich freue mich, Sie wiederzusehen.

Ich müßte eigentlich einmal einen Artikel über den schlechten Geschmack der Spielsäle schreiben. Der arme Mensch, der diese kanariengelbe Uniform und diesen ellenlangen Hut tragen muß! Ein Artikel in der auflagenstärksten Wochenzeitschrift löst unvorhersehbare Reaktionen aus (George Steiner spricht in diesem Zusammenhang von der Tyrannei der Mehrheit). Im grell erleuchteten Vestibül warte ich auf die grüne Leuchtschrift »BITTE EINTRETEN«. Diejenigen, die es gar nicht erwarten können (noch leuchtet in roten Lettern »BITTE WARTEN«), stecken ungeduldig Geld in die Spielautomaten, die im Gang aufgereiht stehen.

Neben mir warten zwei ältere Frauen auf die Freigabe des Saals. Sie haben sich mit goldenen Armbändern und goldenen Ohrringen behängt, ihr Make-up ist schreiend dick aufgetragen, fast maskenhaft.

– Er leidet sehr, wenn ich ihn alleine lasse, sagt die eine zu der anderen. Ich glaube, daß er ein wenig trauert. Neulich hatte er, als ich nach Hause kam, einen Blumentopf umgeworfen. Aber ich will mich auch nicht von ihm zur Sklavin machen lassen. Ich soll mich ruhig etwas amüsieren, das hat mir sogar der Arzt gesagt.

In Las Vegas ist auch für solche Probleme gesorgt. In Las Vegas unterhalten die Spielsäle einen kostenlosen Babysitter-Dienst, der Kinder und Haustiere betreut, während die Erwachsenen spielen. Wer nach Las Vegas kommt, um an Spielautomaten, Bingo oder Roulette zu spielen, kann sein Schoßhündchen in die Obhut von Fachpersonal geben. Dabei ist es ganz gleich, ob es sich um einen Hund, eine Katze, ein Krokodil oder einen Pinguin handelt. Die Tiere, gleich welcher Gattung sie angehören, brauchen nur zwei Dinge: Nahrung und Zuwendung – genau wie wir.

Ja wirklich, ich bin süchtig. Ich bin spielsüchtig, ich bin süchtig nach Zigaretten, Frauen, Zeitungslektüre, Duschen und Leben, ich hasse die Gewißheit, sterblich zu sein. Aber auch die anderen, die nicht spielen, haben ihre Abhängigkeiten: Sie hängen ab von der Arbeit, vom Geld, vom Fußball, vom Alkohol, von Medikamenten, von Drogen, von der Aktualität, von der Mode. Einige sind süchtig nach Religion, andere nach Politik. Meine Abhängigkeiten haben wenigstens Spielcharakter und schaden keinem außer mir selbst.

(Lucia wird sagen, das sei eine Selbstrechtfertigung.)

Die kleine Oase der Ferien liegt hinter mir. Jetzt fängt alles wieder von neuem an, monoton, immer dasselbe: die Jagd nach Exklusivrechten für die Zeitschrift, Bankwechsel, flüchtige Beziehungen, Spielabende, zwei wöchentliche Sitzungen bei der Psychotherapeutin: dienstags und freitags, immer zur selben Stunde, wie die Verlobten früher. Ich besuche sie, sie besucht mich, zweimal pro Woche, zwischen uns ein Schreibtisch. Die Couch ist mir noch verwehrt, wie einem Verlobten, der noch keinen Liebesbeweis abgelegt hat. Ich *weiß*, daß sie andere – Männer und Frauen – sehr wohl auffordert, sich auf die Couch zu legen, aber mich interviewt Lucia frontal, wir sehen uns in die Augen.

Am Freitag nach den Ferien sage ich ihr:

– Vielleicht ist die Analyse auch ein Spiel, ich bin nun abhängig von diesem Spiel geworden, so wie vom Roulettetisch oder von den Spielautomaten.

Ein Spiel mit festen Regeln: zweimal pro Woche, jeweils fünfundvierzig Minuten, gleichbleibender Preis für jeden Besuch, für jede Partie, genau definierte Rollen: Ich spiele Patient, sie die Heilerin. Bei einem Spiel darf man auch nicht die Rollen wechseln. Der eine hält die Bank, der andere setzt. Der eine verliert, der andere gewinnt. Beim Schach und beim

Black Jack jedoch gibt es die Möglichkeit, unentschieden zu spielen: niemand gewinnt, niemand verliert.

– Wenn Ihnen dieser Vergleich einfällt, nimmt Lucia den Ball auf, werden Sie zugeben müssen, daß es in unseren Interviews oder Partien, wie Sie sie nennen, etwas zu gewinnen gibt. Sie sind zu mir gekommen, um etwas zu gewinnen. Damit ich Ihnen helfe zu gewinnen. Nicht um Ihnen zu helfen, beim Spiel zu gewinnen, sondern in Ihrem eigenen Leben. Bei diesen Sitzungen werfen Sie das Geld nicht zum Fenster hinaus, wie Sie das bei den Automaten tun. Sie legen es an, Sie vergeuden es nicht.

Sie verkauft sich gut. Sie sollte Chefredakteurin einer Modezeitschrift oder Verwalterin einer Spielbank werden.

– Die Japaner haben gerade ein Spiel entwickelt, eine Art Monopoly, erzähle ich, bei dem man Frauen kaufen kann. Die Feministinnen haben schon protestiert.

– Und Männer kann man nicht kaufen? fragt Lucia mit gespielter Naivität.

– Nein, antworte ich. Die Homosexualität ist undemokratisch, weil sie eine Minderheitenangelegenheit ist.

– Sie scheinen aber wirklich alles zu wissen, was mit Spielen zu tun hat, sagt sie, und ich weiß nicht, ob sie das ironisch meint.

– Man wird allmählich zum Sammler dessen, was man liebt, sage ich. Sie wissen wahrscheinlich alles über das Begehren. Ist das nicht das Thema der Psychoanalyse? greife ich meinerseits an.

– Eines der Themen, verbessert sie unwillig.

– Wer eine Zwangsvorstellung kennt, kennt auch alle anderen, sage ich.

– Es gibt auch noch die Möglichkeit, unter keiner Zwangsvorstellung zu leiden, sagt Lucia.

Da lache ich frech.

– Dann würden Sie ja gar keine Patienten mehr haben, oder nur noch einen einzigen.

– Vielleicht Sie? antwortet Lucia schnell. Ist das Ihre Phantasievorstellung?

Plötzlich wird mir bewußt, daß nach mir mit meinem dummen Zeug ein anderer kommt oder eine andere. Die Psychotherapeutin ist wie eine Mutter mit vielen Kindern: Keines darf sie vorziehen. Und die nervösen, verzogenen, ichsüchtigen, eigenwilligen Sprößlinge versuchen, ihre Gunst zu erwerben. Jeder einzelne will das Lieblingskind sein: mehr Liebe, mehr Zärtlichkeit, mehr Schutz, mehr Bewunderung empfangen. Sie jedenfalls verteilt ihre Zeit und ihre Aufmerksamkeit gerecht: fünfundvierzig Minuten für jeden einzelnen zum selben Preis. Jeder einzelne glaubt jedoch insgeheim, daß er der Auserwählte ist.

– Es ist so etwas wie Liebe, beharre ich.

Ja, bestätigt Lucia. Die Beziehung in der Analyse ist eine Art Liebe, aber statt eine fehlgerichtete Liebe zu sein wie die, die Sie für das Spiel empfinden, handelt es sich hier um eine Liebe, die zur Freiheit und inneren Unabhängigkeit führt.

– Wenn es Liebe ist, muß auch Lust dabei sein, unterstelle ich geheimnisvoll.

Wo ist Ihre Lust dabei? frage ich unvermittelt.

– Die Fragen sollen Sie beantworten, nicht ich, rettet sich Lucia mit einem Blick auf die Uhr. Und genau von *Ihrer* Lust – nicht von meiner, die lassen Sie meine Sorge sein – werden wir in der nächsten Sitzung sprechen.

Liebespaare, die längst keine mehr sind, wollen sich nur deshalb nicht mehr sehen, weil sie nicht wahrhaben wollen, daß ihre Leidenschaft lächerlich war.

Gestern, am ersten Tag meines neuen Lebens (ich hatte mir nach dem unseligen Abend, als ich von *Chez Michelle* zurückgekommen war, feierlich versprochen, nicht mehr zu spielen) traf ich zufällig und völlig unerwartet an einer Straßenkreuzung Claudia. Nachdem wir uns vor drei Jahren turbulent trennten (Vorwürfe und Wutausbrüche klären nichts; sie sollen ja nur ein Gegengewicht zu Schmerz und Verzweiflung bilden), war es, als lebten wir in verschiedenen Städten, getrennt in Zeit und Raum. Möglicherweise lebe ich in einer Stadt jenseits des Atlantiks (dort, wo mein Vater verschwand) und sie in einem langweiligen, verregneten Städtchen in der Normandie, wie Madame Bovary. Und zwischen beiden Städten gibt es keine Post, keine Boten, kein Telefon. Wir waren ja auch Fremde, uns fremd, bevor wir uns kennenlernten. Die heftigste Leidenschaft empfindet man nicht für seinesgleichen (die süße Selbstbespiegelung schützt davor), sondern für Wesen, die ganz anders sind. Und diese Andersartigkeit verwandelt sich in Wurfgeschosse, Pfeile, Spieße, Kanonenkugeln, vergiftete Speere gegen das unmögliche Einswerden.

Die irre Explosion unserer Leidenschaft riß uns aus unseren unterschiedlichen Welten, und ums uns lieben zu können, mußten wir uns über die Sprache einigen, die wir miteinander sprechen würden (nichts ist trügerischer als eine gemeinsame Sprache), über die Bedeutung der Wörter, der Zeit und des Raums. Um diesen Austausch zwischen uns einzurichten und uns aufeinander einzustimmen (wie Saiten einer Geige gestimmt werden), hatten wir nur das zweifelhafte Instrument unserer Körper. Ich hatte einen Mund und sie auch (mit einer kaum sichtbaren Unebenheit in der Oberlippe, die ich als den kleinen Makel schätzte, der die Schönheit umso mehr zur Geltung bringt). Ich hatte zwei Beine und sie auch, lange und wunderschöne. Ihr Bauch war breit und einladend wie das Meer, meiner war schmal, und doch paßten sie gut zusammen. Aber wir tranken unterschiedliche Sachen, kauten Tiere oder Gemüse auf ganz verschiedene Weise, und unsere Gesten gehorchten ungleichen Temperamenten. Doch die Zellen, die Gewebe, die inneren Organe, die Absonderungen von Schweiß und Samen, die Ausscheidungen der Körpersäfte drängten uns mit Macht zueinander, aufeinander und ineinander in der verzweifelten, fieberhaften Suche nach der unmöglichen Einheit.

– Man erschafft das, was man ißt, in sich neu, sagte Claudia eines Tages. (Den Ausspruch hatte ich schon von Michelle gehört.)

Sie schuf mich also (denn sie verschlang mich), und ich schuf sie, weil ich sie verschlang. Danach war die Trennung gewaltig wie eine Geburt: Schmerz in den Eingeweiden, Blut, Schweiß, Schreien, Austreibung, das Zerschneiden der Nabelschnur, die Angst, die Verlassenheit, das Erschrecken. Von diesem Moment an (Austreibung – Vertreibung, sagte ich zur Psychotherapeutin) und noch lange Zeit danach war ich ein halbierter Mann und sie eine zerbrochene Frau.

Die Leidenschaft ist ein dunkles Meer: Ein Mann und eine Frau, wie zwei untergegangene Schiffe, die wissen, daß sie sich nie mehr begegnen werden.

Und doch bin ich gestern, am ersten Tag meines neuen Lebens, absolut unverhofft an einer Straßenkreuzung Claudia begegnet. Ich dachte sofort, daß das ein lächerlicher Ort für eine Begegnung sei. Als meine Sehnsucht, meine Phantasie und meine Angst mir in den Momenten der Qual diese Szene vorgegaukelt hatten, spielte sie sich bei ihr oder bei mir zu Hause ab, bei gedämpftem Licht und mit viel Zeit zur Verfügung; oder ich habe sie mir in einem Hotel, an einem unbekannten Ort erträumt, wo die Last der Vergangenheit etwas leichter wäre. Aber der Zufall hatte eine ganz normale, verkehrsreiche Straße, irgendeine Fußgängerampel ausgewählt. Ich, der ich am Vorabend dem Zufall entsagt hatte, – aber der Zufall hatte mir nicht entsagt. Als wir uns erkannt hatten, zögerten wir wie zwei unbeholfene Puppen. Ich blieb unentschlossen stehen, sie blieb unsicher stehen. Ich spürte, daß mir meine Hände im Weg waren (ich wußte mit ihnen nichts anzufangen), während die Beine schwach wurden, den Dienst versagten.

– Hallo, sagte ich mit heiserer Stimme, wie immer bei gefühlsstarken Anlässen.

– Hallo, sagte Claudia, etwas unsicherer als sonst.

Die Ampel sprang um, überraschte uns auf der Straßenmitte, so daß wir ganz automatisch zusammen weitergingen. An der Ecke gab es ein Café.

– Möchtest du etwas trinken? fragte ich sie ohne besonderen Nachdruck.

– Warum nicht? antwortete Claudia.

Das ärgerte mich. Das war genau die Art von Antworten, die ich an Claudia nicht ausstehen konnte: diese vorgetäuschte Gleichgültigkeit, ihr Talent, allem den Schwung zu nehmen.

Am Ende großer Leidenschaften bleibt nur die Wiederholung von Angewohnheiten, von Tricks, ein dunkler Groll über den Bruch und die Gewißheit, daß sich nichts ändern wird.

Sie bestellte einen Gin-Fizz, ich einen Whisky. Das war auch gleich geblieben, wir tranken das, was wir immer getrunken hatten.

Ich steckte mir eine Zigarette an (sie sich auch) und beobachtete Claudia leidenschaftslos. Hochgewachsen und breitschultrig hatte sie mit ihren vorstehenden Backenknochen, ihrem vollen Mund, und den dunklen Augenringen in ihrem blassen Gesicht (als käme sie gerade von einer Orgie) nichts von ihrer Attraktivität verloren. Aber ich empfand kein Verlangen. Der Schmerz hatte ihm die Kraft genommen, hatte es zum Verschwinden gebracht. Wahrscheinlich passierte ihr dasselbe: Wir waren vorsichtige Ex-Liebhaber, die einen zu starken Stromstoß bekommen hatten, und die nun, voller Angst, einen neuen Schock vermeiden wollten.

– Ich dachte, du wärest im Ausland, sagte Claudia.

Mich nervt es, wenn die Leute das, was hinter den Grenzen liegt, »Ausland« nennen. Für die Franzosen z.B. können wir selbst »Ausland« sein.

– Wieso? fragte ich, wobei ich mir meine Verstimmung nicht anmerken ließ.

– Du hast doch immer gesagt, daß dir die Stadt nicht besonders gefällt.

– Ich sage auch das Gegenteil, verteidigte ich mich.

Ich interpretierte das so, daß es für Claudia angenehmer gewesen wäre, wenn ich nach unserer Trennung die Stadt verlassen hätte: Eine bequeme Art, mich auszuradieren, mich verschwinden zu lassen. Von der Begierde zum Überdruß ist es bei ihr nur ein kurzer Schritt.

– Bist du immer noch bei der Zeitschrift? fragte sie mich.

– Ja, antwortete ich.

Allmählich kam ich mir vor wie ein Angeklagter vor dem Richter. Claudia stellte die Fragen, ich beantwortete sie. Eine Rollenverteilung nach ihrem Geschmack. Claudias scharfe, zielgerichtete Art hatte mir schon immer mißfallen. Es gibt nichts Schwierigeres, als direkte Fragen zu beantworten; sie lassen keinen Zweifel zu. Und sie beziehen sich nur auf Banalitäten. Nun gut, für sie sind es keine Banalitäten.

– Und du, was machst du? fragte ich meinerseits, um nicht in der Defensive zu bleiben.

Sie wiederum hat es gar nicht gern, wenn sie gefragt wird.

– Immer noch dasselbe, antwortete sie.

Wie ausführlich! Wie nett! Wie mitteilsam! (Ich hütete mich natürlich, ihr das laut zu sagen).

– Dann langweilst du dich also, sagte ich.

– Ich langweile mich nie, gab sie ungehalten zurück.

– Ich habe immer geglaubt, daß sich wankelmütige Leute langweilen, erklärte ich.

– Wie läuft die Sache mit deiner Psychotherapeutin? fragte sie unvermittelt.

Der Schlag saß. Wie konnte sie erfahren haben, daß ich mich analysieren ließ? Das war eine Fangfrage, denn Naivität ist bei Claudia undenkbar. Falls sie irgendwann einmal naiv gewesen sein sollte, dann höchstens in den ersten sieben Tagen ihres Lebens als Embryo.

– Woher weißt du das? fragte ich sie.

– Ich habe meine eigenen Informationsquellen, antwortete Claudia. Oder glaubst du etwa, du hättest alle Informationen gepachtet?

Ich fühlte mich außer Gefecht gesetzt. Ich neige nicht zu Wahnvorstellungen, auch darin sind wir verschieden. Einen Moment lang nahm ich an, daß meine geheimnisvolle, heimtückische schroffe Claudia ihre Informationen wahrscheinlich von den jungen Volontären bei der Zeitschrift oder von meinen Nachbarn oder von den Kellnern in der Bar an der Ecke bezog. Dann kam mir der Gedanke, daß sie wollte, daß ich gerade das vermutete. Ich beschloß, diesen gefährlichen Weg zu verlassen.

– Meine Psychotherapeutin ist sehr schön, sagte ich blödsinnigerweise.

– Ich sehe dich auch nicht bei einer Psychotherapeutin, die häßlich wäre, antwortete sie.

Gut, dieses Gelände war wieder vertraut. Während der drei Jahre, die unsere Beziehung gedauert hatte, stritten wir uns, wenn wir nicht gerade im Bett waren, über die Männer und Frauen, die wir uns gegenseitig unterstellten. Für Claudia (die darin sehr männlich ist) gehört der Streit ausdrücklich zur Liebe, zur Erotik.

– Wir sind noch nicht miteinander ins Bett gegangen, sagte ich so locker dahin, daß nur ein Mensch auf der Welt es mir glauben konnte: Claudia.

– Noch nicht? sagte sie ironisch. Wie merkwürdig. Bist du etwa krank?

Wir stritten uns wieder, unsere normale Umgangsform. In gewissem Sinne hatte sich nichts geändert. Früher stritten wir uns und gingen dann ins Bett; oder wir gingen ins Bett und stritten uns dann. Das setzt viel Adrenalin frei und erhöht die Produktion von Östrogenen und Gestagenen, aber im Laufe der Zeit wird die Sache eintönig und verliert an Reiz. Wenigstens traf das für mich zu. Jetzt fehlte nur noch das Bett.

– Sie will nicht, sagte ich so, als beklagte ich mich.

– Du wirst sie schon noch rumkriegen, bemerkte Claudia mit grollendem Unterton.

Sie stand auf. Ich glaube, daß sie ihr geheimes Ziel erreicht hatte: daß wir wieder einmal angeödet auseinandergingen. Das gegenseitige Anöden war ein probates Mittel gegen die Sehnsucht, den Schmerz und den Verlust. Claudia hat nie einen

Hehl daraus gemacht, Vorwände zu benutzen. Sie akzeptiert stoisch ihre eigene Frustration, solange sie dadurch auch die des anderen erreicht.

– Bis dann, sagte sie noch.

In der Luft schwebten noch unerfüllte Versprechen, vorsätzlich zum Scheitern gebrachte Erwartungen: der undurchsichtige, trübe Bodensatz eines ersterbenden Dialogs.

– Bis dann, wiederholte ich, um ihr die Hoffnung zurückzugeben, die sie in mir zerstören wollte.

Als ich mitten auf der Straße wieder allein war, hatte ich ein unangenehmes Gefühl von Leere. Ich sah auf die Uhr. Es war sechs Uhr, Arbeitsbeginn in der Redaktion. Hatte ich schon etwas gegessen oder nicht? Das kalte, milchig trübe Licht der Abenddämmerung kam mir heute stärker als sonst so vor, als spuckte es mir ins Gesicht. Die Vorstellung, in der Redaktion zu sitzen, die Telefone schrillen zu hören, die Faxe zu lesen und die Fotos auszuwählen, fand ich grauenhaft. Warum hatte ich zu Claudia nicht gesagt: »Es tut mir leid. Du kannst dir nicht vorstellen, wie leid es mir tut, wie weh es mir tut. Wie furchtbar das alles ist! Ich liebe dich; auf eine seltsame, aber unvorstellbar verständnisvolle Art liebe ich dich noch immer«. Danach mußte ich über mich selber lachen: Was für ein blödsinniges Zeug! Claudia kann keine Sentimentalitäten vertragen. Sie hat noch nie gewußt, was das Wort bedeutet. Falls mir dieser Satz tatsächlich über die Lippen gekommen wäre, hätte sie mir wahrscheinlich geantwortet: »Ich nicht. Ich fühle mich wohl, so wie ich bin.« Gelogen. Aber gewisse Menschen können sich nur in der Lüge behaupten. Alles andere macht ihnen Angst.

Nun wurde es auch noch dunkel. Was war das denn für eine Kälte in der Seite, wo doch alles ruhig war?

Ich sah rechts und links die Straße entlang. Dunkle Autos fuhren vorbei. Fliegende Verkäufer von Papiertaschentüchern, Kugelschreibern und Bonbons nutzten die Zeit aus, in der die

Ampel auf rot stand, um eiligen, aber dem ordentlich-unordentlichen Gang der Welt angepaßten Fahrern ihre bescheidenen Waren anzubieten. Jedem das seine. Einige fahren Auto, andere bieten Papier, Stifte und Kaugummi an. Und ich mußte zur Arbeit gehen. Verachtenswerte Chroniken der mondänen Gesellschaft: ein Fest in Marbella, die Scheidung des Herzogs, der Skiunfall des Sohns des attraktiven Schauspielers in Europa.

Ich hielt ein Taxi an und warf mich in den Sitz.

– Zum »Billard«, sagte ich dem Fahrer.

Ich konnte nicht gewinnen. Ich wollte nur verlieren, wie ich bei Claudia verloren hatte. Falls Claudia nicht doch die eigentliche Verliererin war.

– Gestern abend habe ich viel Geld verspielt, beichtete ich der Psychotherapeutin während der folgenden Sitzung. Ich hätte nicht spielen sollen, ich hatte schlechte Vorahnungen, mein Lieblingstisch war besetzt, und ich konnte mich nicht konzentrieren. Trotzdem habe ich nicht locker gelassen, und statt nach Hause zu gehen, habe ich mich hineingesteigert. Als mir das Geld ausging, habe ich den Saal verlassen und war in einer Bank in der Nähe, um mit der Kreditkarte Geld abzuheben. Ich war verblendet. Wieder verlor ich.

– Wie seltsam, daß Sie mir ganz spontan von Ihren Spielverlusten erzählen, sagte Lucia. Bis jetzt haben Sie nie über Geld gesprochen, so als ob der Einsatz aus Plastikmarken, Träumen, Verlangen, Symbolen bestünde. Sie schienen der Tatsache keine Bedeutung beizumessen, daß Sie Geld verspielen; Geld, für das Sie überdies arbeiten müssen, da Sie ja weder reich sind noch geerbt haben.

Nie habe ich verheimlicht, daß ich jemand bin, der arbeiten muß, um zu leben.

– Mir ist es peinlich, über Geld zu reden, sage ich ausweichend.

– Schon merkwürdig, daß Sie nicht über Geld reden wollen, sagt Lucia, in einer Zeit, in der die Mehrzahl der Leute normalerweise nur noch darüber spricht.

– Das ist weniger heikel, bemerke ich. Worüber spricht denn der, der über das Geld redet? Nicht über sich selbst, nicht über ein Ziel, sondern über ein Mittel.

– Die Zahlen sind nicht weniger abstrakt, so sehr Sie auch versuchen, sie in einen Roman zu kleiden, sie in Anekdoten umzuwandeln, sagt die Psychotherapeutin. Geld und Zahlen haben denselben Abstraktionsgrad, auch wenn Ihnen die Geschichten, die sich um die Sieben und die Neun ranken, so gut gefallen.

Der dienstälteste Croupier in der Spielbank von Monte Carlo (fünfunddreißig Jahre Berufserfahrung) behauptet, daß die Sieben und die Neun oft kommen. Er kann sich an einen Abend erinnern, an dem die Sieben neunmal hintereinander gekommen ist und damit einen Spieler reich machte, der seinen Einsatz auf dieser Zahl jedesmal verdoppelte. (Vor dem Kasino in Monte Carlo parkt eine lange Reihe dezenter, schwarzer Limousinen. Darin sitzen diskrete, beflissene Geldverleiher, die Barone, Gräfinnen, Drogenhändler, Schauspieler und berühmte Sportler mit Bargeld versorgen.)

– Ich kann mir nicht beide Laster leisten, verkünde ich unwillig, das Spielen und die Analyse. Beide gleichzeitig sind mir zu teuer.

– Natürlich, sieht sie ein, können Sie sich nicht beides leisten. Aber wenn Sie Geld auftreiben müssen, um weiter zu spielen, dann können Sie auch Geld beschaffen, um hierher zu kommen.

– Sie sind eine sehr teure Prostituierte, bemerke ich. Noch nie habe ich so viel für eine Frau bezahlt.

– Ich sitze hier nicht als Frau, antwortet sie, sondern als Spezialistin.

– Sind Spezialisten denn geschlechtslos? frage ich aggressiv.

– Während der Ausübung ihres Berufes schon, antwortet sie.

– Dafür, daß Sie geschlechtslos sind, haben Sie aber einen sehr schönen Busen, gebe ich zurück.

Diese Bemerkung überhört sie.

– Indem Sie auf meine Eigenschaft als Frau und nicht auf die als Spezialistin anspielen, wollen Sie eine Grenze überschreiten. Sie wollen auf einem anderen Terrain spielen, um es einmal so zu formulieren, wie es Ihnen geläufig ist. Ich bin nicht bereit, mich auf dieses Terrain zu begeben. Sie und ich haben uns noch nichts von Mann zu Frau, von Frau zu Mann gesagt. Als Spieler, der Sie ja sind, wissen Sie ganz genau, daß eine der Bedingungen des Spiels ist, die Regeln einzuhalten, mit denselben Karten zu spielen.

Ich hätte mir eine weniger schöne Psychotherapeutin suchen sollen.

Auch beim Spiel gibt es soziale Unterschiede. Für die Armen die Blindenlotterie, das Fußballtoto, 6 aus 49 (nur 14 Millionen Möglichkeiten, keine sechs Richtigen zu haben). Der laute, selbstgefällige Mittelstand hat seine Bingosäle mit ihrer kitschigen Ausstattung, den Videoschirmen und den uniformierten Kellnern, die Kaffee oder Kartoffelchips servieren. Die Oberschicht, die sich immer schon durch die Exklusivität ihrer Unterhaltungen hervorgetan hat, verbringt ihre Mußestunden im vornehmen, eleganten Kasino von Deauville (mit beachtlicher impressionistischer Tradition) oder in Monte Carlo, diesem Miniaturfürstentum, das Skandälchen und Ströme von Tinte produziert.

Viele legale Spielstätten verfügen über besonders abgeschottete Säle, in denen mit sehr hohen Einsätzen Poker und Black Jack gespielt wird und die feinen, handverlesenen Spieler im Besitz praller Brieftaschen und unerschöpflicher Bankkonten sind. Niemand fragt jemals nach der Herkunft dieses Geldes, das wie Ströme schwarzen Goldes über die Tische fließt. Geld hat etwas Geheimnisvolles, weitaus mehr als der Sex, und es verleiht dem, der es bekommt, und dem, der es verdient, Ansehen.

In diesen Exklusivkreisen kann ich nicht spielen. Was kann

so jemand wie ich schon groß verlieren? Sein Gehalt – nicht der Rede wert unter diesen hochkarätigen Spielern.

Der, der nichts zu verlieren hat, hat auch nichts zu gewinnen.

In den Spielsälen gibt es einen Angestellten in Zivil, der sich unauffällig zwischen den Spielern bewegt und dessen Anwesenheit normalerweise nicht bemerkt wird. Das ist der Hausdetektiv. Der Hausdetektiv ist diskret, verschwiegen und scharfsinnig, er geht auf leisen Sohlen von Tisch zu Tisch wie einer, der einen Platz sucht, an dem er spielen kann. In Wirklichkeit fotografiert der Hausdetektiv im Geist die Kunden, erkennt die Stammgäste sowie die Gelegenheitsspieler, überschlägt, wieviel sie einsetzen, wieviel sie verlieren und ordnet ein Gesicht einem bestimmten Namen zu.

Der Hausdetektiv ist ein diskreter, aufmerksamer, leidenschaftsloser und objektiver Angestellter, der keine Gefühle zeigt. Er hat etwas vom Privatdetektiv und vom Psychologen. Er spricht mit niemandem, lächelt zurückhaltend und unverbindlich, zeigt bei Bedarf den Kunden den Weg zur Toilette oder bringt sie zurück an ihren Platz, wenn sie sich im Tabaksqualm und in der Menge verirrt haben.

Normalerweise bemerken ihn die Spieler nicht, weil sie sich auf das Spiel konzentrieren, auf das Springen der weißen Kugeln oder auf die Ansage der Gewinnzahlen wie das Herbeten des Rosenkranzes.

Zu Beginn waren die Hausdetektive ausschließlich Männer,

aber jetzt sind es in vielen Sälen Frauen: arbeitslose Universitätsabgängerinnen, Mädchen, die ihre Wohnung mit Provinzlerinnen teilen, die gerade in die große Stadt gekommen sind, intelligente, emanzipierte junge Frauen, die nicht mehr von der Ehe als einziger Aufgabe träumen.

Ich lud Maria José nach Bingoschluß zu einem Glas ein. Sie ist die Hausdetektivin des Lokals, daher hatte sie meinen Namen schon herausgefunden und wußte, daß ich für ein auflagenstarkes Wochenblatt arbeite. Die Hausdetektive dürfen die Daten der Kunden nur dem Unternehmen oder dem Direktor unterbreiten; sie dürfen keine Interviews oder Erklärungen abgeben; es ist ihnen untersagt, in diesen oder in einem anderen Lokal zu spielen, und sie dürfen auch kein Trinkgeld annehmen. Ich glaube, daß ich ihr gefiel. Ich hatte vor, einen Artikel über diesen ungewöhnlichen Beruf zu schreiben, und sie willigte unter der Bedingung ein, daß ich ihren Namen nicht veröffentlichte.

– Ich habe Literatur studiert, sagte sie, und dies hier ist die einzige Arbeit, die ich finden konnte.

Gegenüber vom Bingosaal ist eine Bar, die bis in die frühen Morgenstunden für die nächtlichen Spieler geöffnet hat, die aus dem Saal herauskommen, nachdem sie verloren haben, und die der Katzenjammer über das Spiel und den Frust noch nicht so bald nach Hause gehen läßt. Die Bar gehört einem Zugewanderten aus Cadiz, der viel Humor besitzt; er heißt B. B. Me. Die Stammgäste finden sich ab drei Uhr morgens ein, wenn der Spielsaal schließt. Beherrschte Gesichter, schlechte Laune, Niedergeschlagenheit. Es gibt zwei Kategorien von reuigen Spielern: diejenigen, die sich schwören, nie mehr zu spielen, aber am nächsten Tag ihren Vorsatz vergessen haben, und jene, die mit banger Ungeduld den Moment erwarten, wieder hingehen zu können. Ich gehöre beiden Kategorien an.

– Wir dürfen mit den Gästen nur außerhalb des Lokals sprechen, sagte sie, nur ein einziges Mal und nur über triviale Dinge.

– Der gejagte Jäger, sagte ich. Die Hausdetektivin spioniert im Saal die Spieler aus, und ihr wird ihrerseits auf der Straße nachspioniert.

– Das Unternehmen beauftragt private Spitzel, um uns zu überwachen, erklärte Maria José.

– Beneidest du die Spieler nicht? fragte ich. Niemand verbietet ihnen zu spielen, niemand verbietet ihnen zu sprechen, niemand kontrolliert sie.

Maria José zuckte abfällig mit den Schultern.

– Sie werden von den Banken kontrolliert, vom Finanzamt, von der Ehefrau, vom Freund oder von mir. Mehr als einmal schon habe ich einem mittellosen unverbesserlichen Verlierer geraten, für eine längere Zeit nicht mehr zu kommen. Dem Unternehmen ist es nicht egal, ob ein Spieler aufgrund seiner Spielsucht raubt, betrügt oder sich umbringt. Das wäre wohl die schlechteste Reklame. Wir bevorzugen moderate Spieler oder solche mit ordentlichem finanziellen Polster. Für uns ist es ohne Belang, wenn wir einen Kunden verlieren, der kurz davor ist, depressiv zu werden, oder an seinem Arbeitsplatz Geld zu unterschlagen, nur um Bingo spielen zu können. Uns sind eher die Spieler willkommen, die einmal pro Woche oder zwei bis dreimal im Monat spielen.

– Jedenfalls, hakte ich nach, hast du nicht viel Bewegungsfreiheit. Ich nehme an, daß du nur das tun darfst, was dem Unternehmen recht ist.

Maria José blickte mir fest in die Augen, lachte und antwortete schnell:

– Ich bin fünfundzwanzig Jahre alt, mein Lieber. Ich habe gelernt, Vorschriften zu akzeptieren, mich nicht vergebens aufzulehnen und nicht zu viel Rosinen im Kopf zu haben.

– Ein richtiges Handbuch der Anpassung an das Leben, bemerkte ich ironisch.

– Ich verabscheue die Romantik, sagte Maria José. Die habe ich nicht studiert. Das Spiel ist eine romantische oder auch krankhafte Sucht.

– Mir scheint, du zitierst Goethe, bemerkte ich.

– Und du Dostojewski, antwortete Maria José.

Mit Frauen diskutiere ich gern; jede Diskussion mit dem anderen Geschlecht ist ein erotisches Scharmützel. Der Unterschied zwischen den Ritualen des Kriegs und denen der Liebe ist nicht sehr groß.

– Wie werden die Hausdetektive ausgesucht? fragte ich sie.

– Es gibt ein Auswahlverfahren, antwortete sie. Man muß eine gute Beobachtungsgabe haben und ein gutes visuelles Gedächtnis, man muß Rückschlüsse ziehen und schnell reagieren können.

– Wie beim Autofahren, bemerkte ich.

– Es wäre unverzeihlich, einen Spieler mit einem anderen zu verwechseln, gab Maria José zu verstehen.

– Könntest du mir z.B. sagen, wie die Frau heißt, die heute an meinem Tisch saß, und ob der Typ in ihrer Begleitung ihr Mann war?

Maria José lachte. Ihr Lachen war hübsch, etwas spitzbübisch und nicht gekünstelt.

– Deswegen hast du mich also eingeladen, vermutete sie sofort.

– Nicht nur, antwortete ich.

– Du bist ein netter Typ, ein Verlierer, und heißt auch noch Jorge, der Name gefällt mir, sagte sie. Die Frau, die sich zu dir gesetzt hat, heißt Marta, Besitzerin eines Antiquitätenladens; sie ist ungefähr so alt wie du, und der Mann, der neben ihr saß, ist ihr Ehemann. Ein großer Bauunternehmer mit guten Beziehungen zur Politik. Sie kommen einmal pro Woche, um die Zeit totzuschlagen. Was sie verspielen, ist für sie belanglos; was sie gewinnen auch, aber sie scheint sich beim Spiel zu amüsieren.

Das hatte ich an diesem Abend allerdings auch schon bemerkt.

Sie waren zusammen in den Saal gekommen, hatten wie Matrosen an der Reling nach einem Tisch ausgespäht, fast alle waren besetzt gewesen (es waren an diesem Abend viele Leute im Saal), und schließlich hatten sie sich entschieden, an meinem Tisch auf den beiden Sesseln neben mir Platz zu nehmen. Seit ein paar Runden hatte ich das Gefühl gehabt, daß das Glück mich umschwebte, daß ich gewinnen würde. Deshalb war ich verärgert, daß sie sich meinen Tisch ausgeguckt hatten und die zarte, geheime Beziehung zum Glück störten. Er war ein Typ in den Vierzigern, blond und groß, weißhäutig und sommersprossig, seine Augen waren hell, wässrig und ausdruckslos. Ein widerlicher Albinofisch, dachte ich. Er trug teure Klamotten, italienische Schuhe und benutzte ein französisches Feuerzeug, wie es typisch ist für diese Leute, diese durch Spekulation groß gewordenen Neureichen. (Meine französische Großmutter, nicht die spanische, hatte mir als Kind schon beigebracht, gewachsenen Reichtum von neuem zu unterscheiden; die Neureichen schaffen es nie, ihren Mangel an Geschmack, ihre innerliche Dürftigkeit, ihre Prahlsucht und Überheblichkeit zu verbergen.)

Der reiche Bauunternehmer setzte sich mit einer kalten, barschen Gebärde ohne zu grüßen an meinen Tisch. Das war wohl seine Art: eine eisige Gleichgültigkeit, die Schwächere lähmt. Sie dagegen – Marta, wie Maria José mir verraten sollte – war eine elegante, lebhafte Frau, mit großen schwarzen Augen, die in einem schönen, geradlinig geschnittenen Gesicht leuchteten. Sie trug ihr kastanienbraunes Haar mit einigen goldenen Strähnen lang und glatt. Ihr Gesichtsausdruck war intelligent, beherrscht, in sich selbst ruhend. Es schien mir, als habe sie etwas, das nur schwer zu erlangen ist: eine ausgewogene Selbsteinschätzung. Die Welt ist voll von Kerlen mit übersteigertem Selbstbewußtsein und voll von Frauen mit einem unzureichenden Selbstbewußtsein. Das führt dazu, daß sie seit Urzeiten immer dieselbe Art von Beziehung eingehen, nämlich eine sadomasochistische.

Marta grüßte mich freundlich mit einem Lächeln, während er, der eisige Gleichgültige, beim Kellner fast ohne die Lippen zu bewegen einen Whisky bestellte. Es gibt zwei Arten, Macht auszuüben: mit Geschrei und Schlägen (die kommt häufiger vor), und die andere, subtilere, die das Gegenteil ist: Ignorieren, Schweigen, unterschwelliges Mißachten; darin schien er Spezialist zu sein.

Diesen Abend hätte ich den Tisch wechseln sollen. Aber mein freischwebendes Anhängsel zwischen den Beinen, dieser kleine, überhebliche Diktator, drängte mich zu bleiben. Er fühlte sich hingezogen zu dieser eleganten Frau mit der Marlboro zwischen den langen Fingern und dem offenen, sympathischen Blick, der eine Komplizenschaft unter Spielsüchtigen verriet, die sie sicherlich nicht mit dem Albinofisch gemein hatte. (Dieser Hai, dieser weiße Wal läßt sich von den Spielchen am Tisch nicht rühren: In seinem Büro spielt er sicher um mehr, um sehr viel teurere Brocken: Baugrundstücke, Gebäude, Brücken, Tunnel und Eisenbahnlinien).

Ich rührte mich nicht vom Tisch, obwohl ich sofort gespürt hatte, daß sich meine Chance (die mich schon umschwebte) in Nichts aufgelöst hatte. Das Glück ist eine anspruchsvolle Frau, die strikteste, absolute Treue einfordert. Ein Gedanke, der einem in den Sinn kommt, den man verschwendet, vertreibt sie unwiederbringlich. Nun hatte ich kein besonderes Anrecht mehr auf das Glück: Ich mußte mit diesen beiden neuen Rivalen, die aufgetaucht waren, um sie kämpfen. Und wenn ich schon bereit war, zugunsten des Albinofisches, der gleichgültig eine Serie von sechs Karten kaufte, auf »Bingo« zu verzichten, so mußte die Sache mit Marta noch geklärt werden, denn sie gefiel mir. Früher wurde beim Pokern und beim Würfelspiel, wenn nichts mehr zu versetzen war, die eigene Frau verpfändet. Hof, Vieh, Felder, Häuser und die Frau. Die Zeiten haben sich gewandelt, und der Albinofisch hatte sicher ein dickes Scheckheft; aber ich war bereit, ihm die Frau abspenstig zu machen.

In der ersten Runde nach ihrer Ankunft fehlte mir bei Kugel 46 nur noch eine einzige Zahl, die 2. Ich merkte, daß der Albinofisch (der etwas hinterherhinkte) mit einem Anflug von Neid auf meine Karte blickte. Ich war nervös, aufgeregt: Ich wollte vor Marta als Sieger erscheinen, wie es Männchen vor Weibchen der gleichen Art zu tun pflegen; ich wollte meine Überlegenheit beweisen. Kugel 47: die 15; Kugel 48: die 80; Kugel 49: die 22; Kugel 50: mit der 18 gewann irgendeine blöde Kuh »Bingo«.

Der weiße Jungwal blickte verächtlich auf meine Karte, auf der nur eine Zahl fehlte, und bemerkte halblaut:

– Pech.

Sie aber, die mit diesem obskuren männlichen Kampf nichts zu tun hatte, sagte:

– Das tut mir leid. Ich war sicher, Sie würden groß rauskommen.

Nun gut. In Aix entschied, als ich ein Kind war, der Blick über den Besitzanspruch an Dingen und Sachen. »Ich hab's zuerst gesehen!« war die Formel für das Eigentumsrecht an dem Stein, dem Zweig, der verlorengegangenen Murmel oder dem Mädchen mit den blonden Zöpfen. Er hatte sie zweifelsohne zuerst gesehen, und das begründete seinen Besitz; aber vielleicht hatte sie, die weder ein Stein noch ein im Gras verlorengegangener rostiger Schlüssel war, doch einiges zur Sache zu sagen. Und das, was sie zu sagen hatte, würde sie nicht im Bingosaal, sondern irgendwo anders sagen.

Überzeugt davon blieb ich im Spielsaal und spielte jedesmal eine komplette Serie, obwohl mein Verlust schon enorm war. »Ohne Fleiß kein Preis«, sagte Michelle manchmal.

Beim vierten Durchgang sah ich aus den Augenwinkeln, daß Marta auf der obersten der drei Karten, die sie gekauft hatte, jede zweite Zahl ankreuzte. Das war sehr viel, und sie hatte gute Gewinnchancen. Bei der 48. Kugel sagte sie sanft und begeistert:

– Siebenundzwanzig, ich tippe auf siebenundzwanzig.

Als sie das sagte, lächelte sie uns beide an, als machte uns die Aussicht auf Gewinn zu Komplizen. Wir waren die heilige Dreifaltigkeit, sie die Jungfrau Maria, die Verkündete, die Gnadenreiche, die Mildtätige, die Gegrüßte.

– Siebenundzwanzig, sagte die ungerührte Stimme der Ansagerin.

– »Bingo!« schrie der Ziegenbock an ihrer Stelle. Er hatte sich Martas Gewinnkarte gegriffen und hob nun die Stimme, damit man ihn sähe. Sie ließ ihn gleichmütig gewähren.

Es gibt einige Gewohnheitsspieler in den Bingosälen, geschiedene oder getrennt lebende Mittfünfziger mit undurchsichtigen Geschäften und Berufen, die sich anmaßen, die Angestellten – als handle es sich um Prostituierte – von dieser Arbeit erlösen und sich mit ihnen verheiraten zu wollen.

– Lieber werde ich als Hausdetektivin alt, als daß ich einen von diesen heirate, sagte Maria José morgens um fünf in B. B. Mes Bar zu mir. Sie bilden sich ein, daß sie etwas zu bieten hätten, fährt sie fort. Sie sind im Grunde selbstgefällig. Sie wissen nicht, sagt sie, daß der, der etwas anbietet, normalerweise etwas haben möchte.

– Die Frauen werden den Männern allmählich zu intelligent, antworte ich.

Maria José seufzt und sieht mich dann ungeniert an.

– Immer gefallen mir die Typen, die schon in eine andere verliebt sind, sagt sie, und mir kommt das wie eine Anspielung vor.

– Und mir gefallen die Frauen, die schon in andere Typen verliebt sind.

Wo man früher von Laster sprach, sprechen wir modernen Menschen von Sucht. Die Psychologie hat die Moral abgelöst, »Kranke« sind an die Stelle der Lasterhaften getreten. Den übersteigerten Stolz nennen wir Selbstverliebtheit, den Neid Verlangen nach dem, was ein anderer hat; die Eifersucht Unsicherheit; den ständigen Suff Alkoholabhängigkeit; die Grausamkeit Sadismus. In Stockholm, der zivilisiertesten Stadt der Welt, sieht man auf Schritt und Tritt (in Geschäften, auf Bahnsteigen, in Cafés, in Banken, auf der Straße) Schilder mit der Aufschrift: »Betrunkene sind Kranke. Behandelt sie liebevoll.« Schön und gut. Ein ähnliches Schild könnte es für Spieler geben: »Spieler sind Kranke. Behandelt sie liebevoll.« Man könnte noch hinzufügen: »Seid großzügig zu ihnen: Schenkt ihnen ein Amulett, ein Lotterielos, einen Wettschein fürs Pferderennen.«

– Die Spieler sprechen nur von ihren Gewinnen; was sie verspielen, verschweigen sie, sagt Maria José, als ich sie um sechs Uhr morgens im Auto nach Hause bringe.

– Das beste, was einem Spieler passieren kann, ist, niemanden zu haben, dem er erzählen kann, daß er gewonnen hat, niemanden, dem er erzählen kann, daß er verloren hat, antworte ich.

– Sie sollten sowohl das eine als auch das andere erzählen können, beharrt Maria José, die rational denkt. (Ich könnte nie mit einer rationalen Frau ins Bett gehen: das würde mein Pfeifchen verstimmen.)

– Nein, entgegne ich, niemand erzählt von seinen Niederlagen. Die Zeitungen veröffentlichen sie nicht, sie kommen auch nicht ins Fernsehen, und sie animieren auch nicht zum Anmachen. Der Erfolg hebt das Selbstbewußtsein wie den Penis. Das Scheitern zerstört das Ich, macht matt und impotent.

– Wie denn? sagt sie ungläubig. Was hat denn der Zufall mit deinem persönlichen Erfolg zu tun? Ob deine Zahl gezogen wird oder nicht ist doch ganz zufällig und weiter nicht verdienstvoll.

Diese Frau hat Dostojewski nicht gelesen.

Aber ich habe ihn gelesen, ich verabscheue seine Beichten, die erbärmlichen, inständigen Bitten, die er nach seinen Spielverlusten an Anna richtet, seine Anfälle von Reue, nur um die Ringe, den Ohrschmuck, die Familienmöbel zu bekommen, seine epileptischen Anfälle – vor oder nach dem Spielen – sowie seine Euphorie, wenn er gewann, seine Überzeugung, gewonnen zu haben, weil er der Beste, der Intelligenteste wäre. Ich kenne diesen Moment des Glücksgefühls, jenen Moment, wenn der Gewinn auf unsere Zahl entfällt, oder wenn die Kugel nach ihrem Zickzacklauf in das kleine schwarze Fach mit der Zahl hineintrudelt, auf die wir unsere Chips gehäuft haben. Ich habe gewonnen! Ich habe den Zufall besiegt! Ergo, ich bin weise, ich bin Gott. Einer der wenigen Augenblicke, in denen wir – wir, die verletzlichen Geschöpfe, die den Krankheiten, dem Tod, dem Krieg, der Arbeit oder der Arbeitslosigkeit, der Diktatur eines Einzelnen oder der Diktatur der Mehrheit ausgeliefert sind – uns über unsere eigene Gebrechlichkeit erheben auf die Höhe Gottes.

Doch derselbe Dostojewski schrieb auch: »Nur im Spiel, allein im Spiel hängt nichts von etwas anderem ab.«

Alle Anstrengungen der Wissenschaft, der Technik, der Religion, der Psychologie, der physikalischen Gesetze – aller menschlichen Erfindungen –, eine Kausalität der Welt nachzuweisen, fallen vor der Sinn-Losigkeit des Spiels, der absoluten Freiheit des Spiels wie ein Kartenhaus in sich zusammen. »Nichts hängt von etwas anderem ab.« Gleichgültig gegenüber dem persönlichen Verdienst der Schönheit, der Anstrengung, den Genen, der Vererbung, dem Arbeitseifer, der Moral schweben die Zahlen im unermeßlichen Bereich der Verantwortungslosigkeit, des Chaos'. Einstein, der an eine vernünftige Ordnung des Weltalls glaubte, sagte: »Gott würfelt nicht.« Jetzt, da seine Theorie wie alle anderen Theorien langsam bröckelig wird, spielt Gott wieder Würfel. Ich auch.

– Sagen Sie mir nicht, daß Sie jetzt einen Grund eher erotischer Natur haben, um wieder zum Bingo zu gehen, meint am folgenden Tag die Psychotherapeutin, als ich ihr die Episode mit Marta und ihrem Mann erzähle.

Ich frage mich, ob die Psychotherapeutin eifersüchtig ist. Schließlich ist sie eine Frau.

– Stört es Sie, daß mir eine andere Frau gefällt? frage ich verfänglich.

– Hätten Sie gerne, daß ich eifersüchtig bin? stichelt sie zurück.

– Ja, das würde mir gefallen, sage ich herausfordernd.

Ich bin auch eifersüchtig auf die anderen Patienten, die Lucia hat. Ich weiß nicht, wieviele sie hat und wen. In diesem Land, wo man das Unbekannte entweder verachtet oder ablehnt, und wo die Schwäche, die Gebrechlichkeit, zum Lachen reizt, sind Besuche beim Therapeuten – wie die bei heimlichen Geliebten – von Geheimhaltung und Diskretion umgeben.

– Haben Sie viele männliche Patienten? frage ich.

– Warum interessiert Sie das Geschlecht meiner Patienten? fragt sie zurück.

Das ist ein alter Trick: eine Frage mit einer anderen Frage beantworten.

– Aus Neugierde und Eifersucht, gebe ich zu. Ich würde gerne wissen, mit wievielen Männern ich dieselbe Frau teile, sage ich.

– Interessiert Sie das, weil Sie wissen, daß Marta eine verheiratete Frau ist?

– Bevor ich mit einer Frau ins Bett gehe, bin ich nicht so taktlos, sie nach ihrem Personenstand zu fragen, sage ich und füge hinzu: Aber wie alle Regeln hat auch diese ihre Ausnahme.

– Aber Sie wissen, daß sie eine verheiratete Frau ist, sagt die Psychotherapeutin hartnäckig.

– Sind Sie verheiratet? gehe ich zum Angriff über.

– Mein Personenstand tut hier nichts zur Sache, windet sich Lucia wieder einmal heraus. Ihnen macht es nichts aus, sich in eine verheiratete Frau wie Marta zu verlieben, aber Sie befürchten, daß es ihr etwas ausmacht.

– Wer nicht wagt, der nicht gewinnt, bemühe ich das Sprichwort.

– Ganz richtig, sagt Lucia. Wer nicht wagt, der nicht gewinnt. Sie können Ihre Spielsucht aufs Spiel setzen, aber wir wissen noch nicht, wofür. Sie sind viel zu intelligent, um anzunehmen, daß man etwas gewinnen kann, was nicht schon in einem selbst ist. Eine andere Sache, mein lieber Freund, ist, daß Sie mich glauben machen wollen, daß Sie das annehmen, fährt sie fort.

Ich kann es nicht ausstehen, daß sie »mein lieber Freund« zu mir sagt, schulterklopfend und etwas von oben herab. Alle Typen, die sich von einer Psychotherapeutin behandeln lassen, müssen Homos sein, weil das die einzigen Männer sind, die die Überlegenheit einer Frau akzeptieren können.

– Sind all Ihre männlichen Patienten Homosexuelle? frage ich sie herausfordernd.

– Wie kommen Sie bloß auf so etwas? antwortet sie sichtlich überrascht.

– Ein Mann, der dafür bezahlt, daß ihn eine Frau beschützt, kann nur ein Waisenkind oder ein Homosexueller sein.

– Waise zu sein ist eine menschliche Gegebenheit, antwortet sie, aber die Sexualität ist ein Verhalten. Wir sind Männer und Frauen, doch die sexuelle Neigung wird nicht von den Geschlechtsorganen bestimmt. Außerdem bezahlen Sie mich nicht dafür, daß ich Sie beschütze, das wissen Sie sehr gut. Wenn Sie Schutz brauchen, besorgen Sie sich Leibwächter.

Die Feindseligkeit, die wir manchmal während der Sitzungen gegeneinander an den Tag legen, scheint mir eine Art der Terrainverteidigung zu sein. Sie will nicht, daß ich mit meinen erotischen Avancen und Zudringlichkeiten in ihr Gebiet eindringe, und mich regt es auf, wenn ich sie nicht hereinlegen kann. Die Verteidigung des eigenen Terrains gegen Übergriffe garantiert, daß wir unseren gegenseitigen Respekt nicht verlieren.

– Wenn ich das Spielen nicht schon etwas leid wäre, gebe ich schließlich zu, hätte ich Marta nicht bemerkt. Das Spiel verlangt absolute Konzentration.

– Sie machen Fortschritte, sagt Lucia, um mich zu bestätigen. Sie haben mir gerade gesagt, daß Sie ein stärkeres Verlangen als Ihre Spielsucht gespürt haben. Wir sind auf dem richtigen Weg, sagt sie abschließend und öffnet mir die Tür, um mich hinauszulassen.

»Wir sind auf dem richtigen Weg«: ein tröstlicher, erbaulicher Satz im Moment des Abschieds, um, wer weiß, ihr schlechtes Gewissen zu erleichtern, daß sie mich aus ihrer Praxis hinauswirft und mich meinen eigenen Eingebungen und Phantasien überläßt. Sie vertreibt, verstößt mich aus der warmen Praxis mit dem braunen Teppichboden und den Mahagonimöbeln, und weil sie sich deswegen ein bißchen schuldig vorkommt, bedenkt sie mich mit einem aufmunternden Satz. Sie öffnet die Tür des Sprechzimmers, um mich der

Straße, dem Chaos, dem Spiel, der Einsamkeit wieder auszuliefern und gibt mir auf diesem Weg ihren Segen mit. Wie der Pfarrer in der Schule oder der Leutnant beim Barras: »Wir sind auf dem richtigen Weg, mein Sohn.«

Der letzte Satz von Dostojewskis »Der Spieler« lautet: »Morgen, morgen wird alles ein Ende haben.« Das ist die leere Hoffnung des unverbesserlichen Spielers, der nach einer schrecklichen Nacht sich selbst das Versprechen abnimmt, das Laster aufzugeben.

Nachdem ich gestern nacht bis drei Uhr früh mehr Geld verspielt hatte, als ich mir erlauben kann (ich bin sehr großzügig mit mir), kam ich zerschlagen nach Hause. Zerschlagen, gerädert, wie durch die Mangel gedreht. Mir gefällt dieses Bild. Eine furchtbar schlechte Nacht: Ich habe nicht ein einziges Mal auch nur einen kleinen Betrag gewonnen. Außerdem war Marta nicht im »Billard«. Ich spielte unkonzentriert, ständig blickte ich von meinen Karten auf, um die große Eingangstür zu beobachten, in der Hoffnung, dort Marta mit oder ohne Ehemann hereinkommen zu sehen. Rings um mich herum fielen die Gewinne, die mich wahrscheinlich deshalb übersprangen, weil ich nicht die Konzentrationsfähigkeit aufbrachte, die nötig ist, um zu gewinnen. (Einmal hat Dostojewski einen verlustreichen Abend in der Spielbank von Baden-Baden der Nervosität zugeschrieben, die ein zigarrerauchender Spieler in ihm ausgelöst hatte; ein anderes Mal machte er dafür das Parfum einer Dame verantwortlich. Wütend und aufgebracht schrieb er Anna, er habe »nicht gut spielen können«, weil ihn das Parfum verrückt gemacht habe.)

Als das »Billard« schloß, kehrte ich enttäuscht, unzufrieden und spielverdrossen in meine Wohnung zurück. Im Eingang stolperte ich außerdem über den Teppich und verstauchte mir den Knöchel. Was noch? Ich hatte vergessen, den Anrufbeantworter einzuschalten, und im Kühlschrank war nichts zum Essen. Schlaftabletten hatte ich auch keine mehr. Nun gut, möglicherweise hätte ich, wenn ich noch einmal auf die Straße gegangen wäre, einige kleine Dealer und Fixer gefunden, die bereit gewesen wären, mir etwas Hasch zu verkaufen, aber ich hatte keine Lust, noch einmal rauszugehen. Ich fühlte mich zerschlagen, nervös und deprimiert. Ich konnte nicht aufhören zu rauchen und war auch nicht müde. Ich spielte eine Partie gegen den Schachcomputer, höchste Schwierigkeitsstufe (wenn ich in den Spielsälen verloren habe, ist mein einziger Trost, das Schachmaschinchen zu besiegen), aber auch dabei verlor ich. Ein unseliger Zug mit dem Damenläufer im entscheidenden Moment – und meine ganze Strategie ging zum Teufel. Mein Stolz verbietet es mir, einen Zug mit Hilfe der Wiederholtaste zu berichtigen.

Das in der letzten Zeit verspielte Geld bereitete mir Sorgen, machte mich wütend. So konnte es nicht weitergehen. Ich legte mich hin und schaltete das Licht aus (wenigstens wollte ich Strom sparen), und sofort begann ich in der Dunkelheit, die unmöglichsten Pläne zu schmieden, um das verspielte Geld wieder hereinzuholen. Ich würde eine Bank überfallen. Die modernen Gesellschaften sind sehr ausdifferenziert, jeder pflegt nur mit seinesgleichen Umgang (Abgeordnete mit Abgeordneten, auch wenn sie der Opposition angehören, Militärs mit Militärs, Rechtsanwälte mit Rechtsanwälten, Lehrer mit Lehrern, Beamte mit Beamten); wer käme da auf die Idee, daß ein Journalist des auflagenstärksten Wochenblatts nach zehnjähriger »Berufserfahrung«, wie es feierlich heißt, urplötzlich eine Bank überfällt? Bankräuber haben nur Umgang mit Bankräubern. Ich bin also jemand, der über jeden Verdacht erhaben ist, wie ein Universitätsprofessor, ein Arzt oder ein Rechtsanwalt. Jeder Beruf hat seine spezifischen Vergehen. Ein Universitätsprofessor kann einem Schüler die Forschungsarbeit stehlen, ein zerstreuter Arzt kann im Bauch eines Patienten einen Tupfer vergessen, ein Journalist kann eine Information manipulieren, verheimlichen oder verkaufen, aber keiner von ihnen überfällt eine Bank. Natürlich würde ich die Bank nicht wie in alten Zeiten mit Pistole und Strumpfmaske überfallen. Das könnte ich nicht, ich würde sofort verhaftet werden.

Statt eine Bank in der herkömmlichen Weise zu überfallen, würde ich das Geld aus dem Geldautomaten an mich bringen. Mit meiner Kreditkarte gelänge ich in den Vorraum, und mit einem ausgeklügelten System würde ich die Bank »sprengen«. Aber wie sieht das ausgeklügelte System aus? Ich verstehe nichts von Elektronik. Das alte Lied, das Übermaß an Spezialisierung heutzutage: Ein Journalist kann keinen Stecker reparieren, und ein Börsenmakler weiß nicht, wo sein Zwischenkieferknochen sitzt. Es muß doch eine Methode geben, den Automaten außer Betrieb zu setzen, den Speicher des Apparats durcheinanderzubringen und den Automaten auszurauben, aber das ist viel zu kompliziert für mich; ich habe nur Literatur studiert und bin Journalist, Liebhaber der Sprache und des Zufalls, aber unfähig zu erklären, was Elektrizität ist. Sei nicht dumm, sage ich mir, du brauchst nicht zu beweisen, daß du intelligenter bist als die kalte Black box der Bank. Einmal im Vorraum, knackst du den Automaten mit Gewalt und damit basta. Gewalt und Vergewaltigung, zwei traditionell männliche Vorgehensweisen. So brachte man Frauen, Steuern, Gebiete und Throne an sich, so werden Kriege gewonnen. Du gehst rein, auf die Kasse zu, diese dicke Schwangere, und vergewaltigst sie, reißt sie auf und machst sie fertig. So weit, so gut – aber wieviel Geld ist eigentlich in so einem Geldautomaten? Genug, um meine Verluste während der letzten Monate zu decken? Und wenn mich jemand beobachtet? Plötzlich kommt mir in den Sinn, daß in den Vorräumen der Banken natürlich Fernsehkameras und Alarmanlagen angebracht sind. Eine kleine elektronische Zelle, die in einer Deckenleiste oder einer Metallverzierung über der Tür versteckt ist.

Ich werde von einem Auge, das wie das Auge Gottes verborgen und unfehlbar ist, fotografiert werden. Michelle hat mir erzählt, daß ich zu weinen anfing, als ich das erste Mal eine Darstellung des göttlichen Dreiecks mit dem Auge des Allmächtigen sah. Ich hatte Angst. Es ist ein Auge, das uns, wie in der Erzählung Poes, mit List verfolgt. Paranoiker wie Claudia sind überzeugt, daß sie ständig von einem Blick beobachtet werden, der durch Türen und Wände hindurchgeht und sie verfolgt, der die geheimsten Gedanken zu lesen vermag und die unterdrückten Wünsche. Nichts kann dieses Auge auslöschen, nichts kann es schließen. Der menschliche Blick hingegen ist voll Verlangen, geboren aus der Begierde. »Ich fresse dich mit den Augen« ist eine sexuelle Projektion. Sehen und sehen wollen bedeutet, sich des anderen bemächtigen zu wollen. Also gut, wenn Gott im Vorraum der Bank ist, werde ich mir eine andere Methode ausdenken, um mein verspieltes Geld wiederzubekommen. Die Spezialisierung finde ich abscheulich. Ich kann eine Schauspielerin interviewen, ein Gedicht von Baudelaire interpretieren, einen Leitartikel schreiben und den Schachcomputer besiegen; aber ich kann weder einen Fernseher reparieren noch das Fundament eines Hauses gießen, noch Zwiebeln pflanzen wie Michelle, noch eine Bank überfallen. Eine andere Möglichkeit wäre, Geldscheine zu fälschen. Ich habe eine gewisse Sympathie für Geldfälscher. Wenn sie auf eigene Faust Noten drucken, machen sie sich ein wenig lustig über die Seriosität des Geldes. Ich werde kleine Noten fälschen, die sind einfacher in Umlauf zu bringen. Wenn ich Zigaretten, Joghurt oder Fisch kaufe, kann ich sie ohne großes Risiko unter die Leute bringen. Mit Falschgeld könnte ich auch Bingo oder Roulette spielen. So würde ich in Wirklichkeit nichts verspielen, wenn ich verliere. Und wenn ich gewinne, bekäme ich echte Scheine. Vorausgesetzt, daß man mir bei der Auszahlung nicht meine eigenen gefälschten Scheine unterjubelt. Da haben Sie also wieder einmal einen Weg gefunden, zum Spiel zurückzukehren, würde die Psychotherapeutin sagen.

Ich wache mit einem Kater auf. Nicht nur der Alkohol verursacht Kater, sondern auch die Spielsucht. Meine Zunge ist pelzig, ich bin noch müde, mir schmerzen die Arme, ich bewege mich steif, und in der Badewanne rutsche ich fast aus. Zerknirschtheit, dieses Wort, das ich hasse, und das Claudia so gern gebrauchte, beschreibt am besten meine Verfassung. Heute morgen denke ich mit Schaudern ans Spielen, obwohl die morgendliche Übelkeit wie bei den Trinkern nach einer neuen Dosis verschwindet. Manchmal, wenn ich nach einer durchspielten, verlustreichen Nacht mit dem Gefühl wach wurde, genug vom Spielen zu haben, bin ich hinuntergegangen in die Bar an der Ecke, und während ich einen ziemlich starken Kaffee trank, fing ich wieder an, Geld in den Spielautomaten zu stecken. Auf eine seltsame Weise wurde ich gelöster und fand zu mir selber zurück, wenn ich wieder spielte. Aber heute habe ich einen Entschluß gefaßt: einen Monat lang Spielverbot. Auch keine Blindenlotterie. Auch keine Spielautomaten. Ich werde die Spielsäle, die wöchentliche Ziehung und die Lotterie ignorieren. Nur einen Monat lang: eine Feuerpause, kein Aufgeben für immer. Selbst die eingefleischtesten Raucher (die sich nicht vorstellen können, einmal keinen Phallus zwischen den Fingern zu halten) bringen es fertig, vorübergehend wegen einer Grippe oder einer Erkältung nicht mehr zu rauchen.

Der Entschluß, für eine gewisse Zeit auf das Spiel zu verzichten, befriedigt mich im Augenblick. Ich bin ein veränderter Mensch. Ab jetzt ein neues Leben! Ich werde pfeifen, Melodien trällern, Kaugummi kauen, Säfte trinken, Gymnastik machen und zur Massage gehen. Ich werde an den Wochenenden aufs Land fahren. Was Marta, die elegante Vestalin des »Billard« betrifft, so werde ich in der Lage sein, sie anderswo zu treffen, und zwar allein.

Wenn ich nicht spiele, brauche ich mich auch nicht analysieren zu lassen. So schlage ich zwei Fliegen mit einer Klappe. Ich werde mich nicht einmal von Lucia verabschieden. Die Analyse ist ein Vertrag, den beide Seiten aus eigener Entscheidung auflösen können. Sie ist keine Geliebte; ich kann also mit den Sitzungen ohne Entschuldigung aussetzen. Zur Sitzung morgen werde ich nicht gehen; ich werde eine Ausrede auf den Anrufbeantworter ihrer Praxis sprechen. Ich werde ihr sagen, daß ich einen Monat lang auf Geschäftsreisen sein werde. Das hört sich gut an. Menschen ohne Laster unternehmen Geschäftsreisen, die anderen Vergnügungsreisen.

– Ich verkaufe dir meinen Escort, sage ich heute abend zu Santos, dem Fotografen der Zeitschrift. Mein weißer Escort mit dem Glasschiebedach, »um die Sterne zu betrachten«, wie sich der Verkäufer ausdrückte, hat ihm schon immer gefallen. Er hat ihn mir anfangs ein wenig geneidet und nicht gewagt, ihn auszuleihen.

Wie alle unsicheren Menschen ist Santos mißtrauisch. Er hat den Escort haben wollen, so lange er ihm nicht gehörte; jetzt, wo er ihn haben konnte, kann er sich nicht entschließen.

– Mann, er ist in einem ausgezeichneten Zustand, sage ich. Ich biete ihn dir nur deswegen an, weil ich zu viel Geld verspielt habe.

Er wird mir keinen Gefallen tun (die Unsicheren werden noch unsicherer, wenn sie jemandem einen Gefallen tun sollen), und obwohl der Handel, den ich ihm vorschlage, für ihn vorteilhaft ist, bezweifelt er auch noch die Vorteile.

– Gut, wenn du ihn nicht willst, biete ich ihn dem Chef an, sage ich. (Der Chefredakteur der Zeitschrift ist ein Hypochonder, der leidenschaftlich Autos sammelt.)

– Warte, warte, antwortet Santos mit der Kleinmütigkeit der Unsicheren, laß mich darüber nachdenken.

– Ich kann nicht warten, behaupte ich. Hör mal zu, füge ich noch hinzu, ich überlasse ihn dir für drei Monate, dann verkaufst du ihn wieder an mich – teurer. Einverstanden?

– Und wenn ich ihn dir dann nicht mehr verkaufen will? sagt Santos, der alle Vorteile ausnutzen will.

– Wenn du ihn nicht mehr verkaufen willst, dann kaufe ich mir einen neuen, antworte ich mit unendlicher Geduld.

– Du wirst kein Geld für einen neuen haben, antwortet er hämisch.

– Ich kann ohne Auto leben, sage ich. Ich weiß nicht, ob du dich erinnerst, aber Adam und Eva hatten kein Auto.

Darüber muß er lachen, was die Spannung etwas mildert. Ich verlange von ihm eine sehr bescheidene Summe für das Auto, und schließlich, immer noch zögernd, gibt er mir einen Scheck. Plötzlich das zu besitzen, was er immer haben zu wollen glaubte, löst in ihm keine Freude, sondern eine gewisse Sprachlosigkeit aus. Ich klopfe ihm auf die Schulter und sage:

– Emmanuelle, du weißt schon, die aus dem Sex eine Philosophie machen wollte, sagt, das wahre Vergnügen ist das Verlangen.

Der Chefredakteur kommt mürrisch ins Büro, ohne zu grüßen. Nicht grüßen: Das Privileg von Leuten mit Befehlsgewalt. In dieser Ausgabe auf der Titelseite: dieses Model, das in New York Triumphe feiert. Groß, lange Haare, schmale Taille, schön. Sie raucht nicht, trinkt nicht, vögelt nicht, spielt nicht. *Light.* In El Salvador haben die Todesschwadronen 10.000 Menschen umgebracht. *Hard.* Aber El Salvador liegt sehr weit entfernt: Unter 10.000 Toten erscheint keine Reportage in der Zeitschrift.

– Ich habe einige Dezigrade Fieber, verkündet der Chefredakteur, während er das journalistische Menü für die nächste Woche durchgeht.

Physiknobelpreisträger: dreiundsiebzig Jahre, weißhaarig, elegant, bescheiden. Bezweifelt die Existenz der Zeit. *Light.*

– Können die Nieren Fieber verursachen? fragt mich der Chefredakteur. Er hält mehr von mir als Arzt, der ich nicht bin, als von mir als Journalist, der ich bin; das kommt von einer dieser merkwürdigen Zwangsvorstellungen, die Hypochonder haben: Er traut seinem Körper nicht, aber den Ärzten traut er auch nicht.

– Wenn du einen Infekt hast, schon, antworte ich lakonisch.

Der Würger von Hamsphire: 15 weiße, noch unberührte Mädchen sorgfältig in Stücke zerlegt, ausgeweidet, zerkleinert und vergraben. *Hard.*

– Ich glaube, ich habe etwas Blut beim Wasserlassen verloren, sagt der Chefredakteur der Zeitschrift.

Ich blicke auf den Kalender an der Wand.

– Dann ist also deine Regel zu früh gekommen, antworte ich. Geh zum Frauenarzt!

Er lacht nicht einmal. Er spricht über das Interphon mit seiner Sekretärin. Sie soll alle Termine für den nächsten Morgen absagen, er glaube, er sei krank.

Die Hochzeit des Toreros mit der Tochter einer Jet-set-Familie. »Wir sind sehr glücklich«. *Light.* Ein Transvestit von Unbekannten erschlagen, wahrscheinlich Mitglieder einer Stadtpatrouille, treue Hüter von Recht und Ordnung.

– *Hard*, sage ich zum Chefredakteur.

– *Light*, antwortet er. Es war ja nur ein einziger Transvestit. Wenn nicht wenigstens ein Dutzend Transvestiten auf einmal ermordet werden, kommt das nicht in die Zeitschrift. Den Platz brauchen wir für den neuen Schwarm des Sohns der Gräfin.

Die Passage der Antiquitätenhändler liegt an einer der großen Prachtstraßen. Zu ihr führt eine schöne Freitreppe aus jadefarbenem Marmor hinauf. Die Passage besteht aus einer Reihe eleganter, vornehmer kleiner Geschäfte mit Teppichen, die die Schritte dämpfen, und mit Schaukästen an der Wand, damit man mit Muße und ohne sich bücken zu müssen die ausgestellten kostbaren Gegenstände betrachten kann: aus Elfenbein geschnitzte Fingerhüte, Porzellanpuppen mit Baumwoll-Kleidchen, Standuhren mit reizenden Renaissance-Malereien auf den Zifferblättern, Spinnrocken aus Ebenholz, Jongleure aus Messing, rot, blau und gelb angemalt, chinesische Mah-jong-Spiele mit ihren unzähligen gravierten Steinen und englische Teeservices mit der Manufaktur in Goldschrift auf der Unterseite.

Es ist eine stille Passage, kräftige grüne Pflanzen in großen Steinkübeln und bunte Rhomben in den Zwickeln ihres Glasdachs schmücken sie.

Jedem seine Landschaft: Ich fand, es paßte zu Marta, sie hier zu treffen, inmitten von barocken Sekretären, Bronzeengeln, Jugendstil-Schmetterlingen und alten, in London erworbenen Gemälden mit Schiffsuntergängen. In der Passage wird für die vornehme Kundschaft, die die Auslagen betrachtet und sich die Kataloge ansieht, sanfte klassische Musik gespielt: Sonaten von Bach und Konzerte von Vivaldi. Die kleinen Extravaganzen der Bourgeoisie, dachte ich: Der Großunternehmer, der aufgrund undurchsichtiger Spekulationen, unaufgedeckter Betrügereien und den Bau dieser entsetzlichen, kaninchenstallähnlichen Häuserblocks zu Geld gekommen ist, erwirbt auch eine hübsche, elegante junge Frau, die wahrscheinlich ihr Examen in Kunstgeschichte gemacht hat (die Kunst ist Anti-Geschichte), und stellt ihr, genau wie den Geschirrspülautomaten, die Ferienwohnung am Meer, den Flügel und einen exquisiten Antiquitätenladen hin, vollgestopft mit Gegenständen, die er aus London, Flandern und Paris kommen ließ.

Martas Laden fand ich ohne besondere Mühe, als ich eine Etage höher stieg. Einige Läden haben sich auf besondere Dinge spezialisiert (altes Spielzeug, Gemälde oder Gegenstände aus Kristall), und allen gemeinsam ist diese ruhige, heitere Atmosphäre althergebrachter Sammlungen, die der Krebs der Aktualität noch nicht gefressen hat. In ihrem Laden gab es einige schöne alte Fotografien in ovalen Rahmen aus dünn lasiertem Holz und eine seltene Serie von Badenden, Porzellanminiaturen aus dem frühen zwanzigsten Jahrhundert, sehr anmutig auf einem Untergrund angeordnet, der einen Strand darstellen sollte.

Ich betrat den Laden und erkundigte mich nach den Badenden. Da es schon etwas nach Mittag war, eine Zeit, zu der die Läden normalerweise schließen, war Marta allein.

– Ich bin Ihr Tischnachbar, der kein Glück hat, sagte ich statt eines Grußes, als sie mich erkannt hatte.

Sie lachte, und ich sah nicht die Serie der Badenden, sondern die Reihe ihrer makellosen, weißen Zähne. Zähne sind ein Sexualsymbol – vielleicht achte ich deswegen so sehr darauf.

– Oh, sagte sie, der Journalist.

Wir waren allein, nichts Außergewöhnliches zu dieser Tageszeit in der Passage der Antiquitätenhändler.

– Sind Sie Sammler oder machen Sie eine Reportage über Antiquitätenhändler? fragte sie.

– Ich bin ein Sammler ohne Geld, sagte ich, und ein Journalist, der von seinem Beruf genug hat. Darf ich Sie zu einem Kaffee einladen? (In der Passage gibt es ein angenehmes Café, das immer geöffnet ist, und von wo aus die verschiedenen Schaufenster zu sehen sind.)

– Eigentlich nicht, antwortete Marta, aber ich nehme an. Sagen Sie, was sammeln Sie?

– Dinge, die mit dem Meer zu tun haben, wie Neruda, ließ ich sie wissen. Aber leider habe ich kein Haus auf einer Insel, bin kein Botschafter, war nie verheiratet und schreibe auch keine Gedichte. Ich besitze nur einige Flaschenschiffe, die »Ocean Queen« in einer englischen Kaffeebüchse und eine einbalsamierte Seejungfrau, die ich einem Fischer an der Costa Brava abgekauft habe, der glaubte, sie sei echt.

– Entweder lügen Sie gern, oder Sie sind ein seltsamer Vogel, sagte sie, als wir uns in das verspiegelte Café der Passage setzten.

– Diese Alternative finde ich aber nicht besonders, antwortete ich.

Sie lachte. Bernard Shaw hat gesagt, daß man eine Frau erobert, indem man sie zum Lachen bringt. Das klingt viel besser als der alte Spruch, daß die Liebe durch den Magen geht. Aber niemand liest ja mehr Bernard Shaw, und so ist diese Weisheit verlorengegangen.

– Ich kann mir den Luxus der Phantasie erlauben, sagte Marta. Ich arbeite nicht, um zu leben, sondern um zu genießen. Die Gegenstände faszinieren mich. Ich bin überhaupt nicht daran interessiert, sie zu verkaufen. Mir macht es Spaß, sie aufzutreiben, sie kulturgeschichtlich einzuordnen, ihre Herkunft zu erfahren und sie zu behalten. Wenn ich etwas verkaufe, bin ich niedergeschlagen.

– Sie könnten sie auch bei sich zu Hause haben, sagte ich. Dort laufen Sie nicht Gefahr, daß sie Ihnen jemand abkauft.

– Das wäre nicht dasselbe, antwortet Marta. Im Laden bin ich allein, das ist mein eigenes Reich, ohne Einmischung von außen.

– Eine Liebesbeziehung, behaupte ich.

– Das ist schon möglich.

– Eine perverse Liebe, versuche ich zu erklären. Sie geben vor, eine Beschäftigung zu haben, aber in Wirklichkeit haben Sie hier ein Stundenhotel für sich allein, voll von Gegenständen, die Sie begehren.

– Das geht mir zu schnell, hält mich Marta zurück. Wir hatten Kaffee bestellt. Ich gehe gern Kaffeetrinken mit Frauen, die ich liebe. Eine Komplizenschaft wie beim Rauchen: Wir stecken uns fast gleichzeitig eine Zigarette an, sie eine Marlboro, ich eine Lucky.

– Ich habe Kunstgeschichte studiert, erzählt sie mir. Aber nie hätte ich mir vorgestellt, daß ich mich so sehr in Gegenstände verlieben könnte. Ich habe z.B. eine Silbernadel mit einer ziselierten Biene von London auf die Falkland-Inseln, von den Falkland-Inseln nach Mexiko, von Mexiko nach Barcelona verfolgt. Sie war nicht besonders teuer, es war nicht wegen ihres Werts. Mich interessierte ihr Weg, ihre Biographie.

– Schon mancher hat genau das wegen einer Frau getan, sage ich. Wieder lacht sie.

– Ich würde es nicht wegen einer Person tun, wohl aber wegen eines seltenen Stücks.

– Dinge, die wir lieben, geben uns keine Bedeutung, sondern wir geben den Dingen, die wir lieben, Bedeutung, präzisiere ich. Übrigens ist es nicht gefährlich, Gegenstände zu lieben. Der andere ist gar nicht vorhanden. Meistens werden Sie nicht einmal den Namen dessen kennen, der das Stück gemacht hat.

– Mir gefällt meine Beziehung zu den Gegenständen. Das ist meine ureigenste Domäne. Ich bin Fetischistin, aber nicht nur einem einzigen Objekt gegenüber.

– Bravo! sage ich. Mir scheint, Sie haben herausgefunden, wie man nicht leidet.

– Das ist auch keine besondere Interpretation, revanchiert sie sich.

– Erzählen Sie mir alles über die Badenden? frage ich sie einladend.

Sie trinkt noch einen Schluck Kaffee und lächelt.

– Die Badenden machen alle Welt neugierig, sagt sie. Sie müssen so etwas wie Auslöser von sehr unterschwelligen, aber kollektiven Phantasien sein.

Unbewußt streichelt sie ihren Ehering. Sie ist schwarz gekleidet, eine Farbe, die sehr vorteilhaft für sie ist. Schwarzer Pullover aus weicher, flockiger Wolle, schwarzer Rock, und am Halsausschnitt eine Frauenmaske des Jugendstil. Ich habe eine Vorliebe für Schwarz – leicht zu erraten, warum.

Ich gehe zum Angriff über.

– Ich weiß, daß Sie verheiratet sind, aber das Begehren ist frei, und ich begehre Sie, sage ich in aller Aufrichtigkeit. Wir könnten darüber viele Nachmittage zu dieser Stunde sprechen, wenn die Passage leer ist, und herrliche Geschichten von chinesischen Vasen, Glasschmetterlingen und Bronzekriegern einflechten, hier oder irgendwo anders, wenn Sie die Einladung annehmen. Vom Begehren sprechen gibt dem Begehren Nahrung, füge ich noch hinzu.

– Ich weiß nicht, ob Sie mich richtig verstanden haben, antwortet sie. Die meiste Zeit verbringe ich hier in dieser Passage. Untreue den Gegenständen gegenüber ist erlaubt. Wahrscheinlich weiß nur ich, daß es sich um Untreue handelt.

– Ich auch, bestätige ich.

– Diese Art zu leben, finde ich sehr angenehm. Ich bin die Besitzerin dieses Museums, darüber hinaus bin ich noch die Restauratorin, die Bewohnerin und die Wächterin.

– So eine Art Vestalin, sage ich.

– Für Sie vielleicht. Für mich ist es ein Zustand der Harmonie.

– Und eine Flucht, halte ich ihr vor.

– Ich fühle mich nicht schuldig, antwortet sie schnell. Und mir kommt es sehr geschmacklos vor, von der Ehe zu sprechen oder von Beziehungen zu unseren Nächsten.

Das stimmt. Wer begehrt, muß die Wirklichkeit vergessen.

Das Begehren paßt nicht in den Rahmen der Wirklichkeit, sondern in den des Imaginären.

– Sollten Sie sich eines Tages entschließen, die Glasglocke, das gläserne Museum zu zerschlagen, sage ich, dann rufen Sie mich unter dieser Nummer an. Die Furcht beschützt uns vor nichts, füge ich hinzu, sondern vermehrt nur die Furcht.

– Ich werde mich schneiden, wenn die Glasglocke kaputtgeht, antwortet Marta und steht auf.

– Schmerz heilt, sagen die Psychologen, sage ich zum Abschied.

– Die Nonnen sagten das auch, gibt Marta zurück und geht.

Wie ich in der Passage die Treppe hinuntergehe, kommt mir ein großer, stämmiger Mann entgegen und rempelt mich an, drängt mich zur Seite und versetzt mir einen Schlag in die Magengegend. Ohne sich zu entschuldigen, geht er hinauf. Es laufen zu viele Verrückte frei herum. Als ich wieder auf der Straße bin, geht mir durch den Kopf, daß der Typ, der mich angerempelt hat, ein Leibwächter von Martas Ehemann gewesen sein könnte, und daß das scheinbare Versehen eine Warnung ist. Sofort muß ich über mich selber lachen: Die Sehnsucht beschert uns Anwandlungen von Verfolgungswahn. Wir fürchten, die Erwartung des Vergnügens, die wir in eine Person gesetzt haben, zu verlieren, und auf Schritt und Tritt glauben wir, Zeichen, Anzeichen dieses befürchteten Verlusts zu entdecken.

Ich fühle mich ausgesprochen zufrieden. Die meisten Männer, die ich kenne, mögen Frauen nur, weil sie mit ihnen schlafen wollen, auch wenn sie sie deshalb heiraten müssen. Ich dagegen habe Frauen nicht nur gern, weil ich mit ihnen schlafen kann. Ich betrachte sie gerne, sehe gerne, wie sie sich bewegen, und vor allen Dingen unterhalte ich mich gern mit ihnen. Das ist meine feminine Seite.

Spät abends fahre ich mit der letzten U-Bahn nach Hause. Jetzt, da ich meinen Escort verkauft habe, bin ich wieder Fußgänger. Diese Erfahrung ist mir nicht allzu unangenehm. Auf den Bahnsteigen mit ihren Neonlichtern und ihren Reklametafeln für amerikanische Filme sieht es so spät abends wie in einem Atombunker aus, wo die letzten Überlebenden der postindustriellen Gesellschaft nach dem Super-Gau, einer der Vernichtung der Dinosaurier vergleichbaren Katastrophe, wie bleiche Gespenster in der sauerstoffarmen Luft auf und ab gehen. Und diese Tunnel, Abwasserkanäle der Welt, lassen sich einfach nicht sauberhalten.

Es ist dreiundzwanzig Uhr. Zu dieser Stunde sitzen die Angepaßten, die braven Familienväter, die Beamten und ihre geklonten Kinder vor dem Fernseher, bevor sie zu Bett gehen. Die Frauen auch, falls sie es geschafft haben, die ganz Kleinen ins Bett zu bringen.

Die letzten Züge kommen in größeren Abständen; sie müssen die Nachzügler, die Bummler mitnehmen, auch dieses Mädchen mit den schwarzen Wollstrümpfen und den raspelkurzen Haaren, das über den Strümpfen einen kurzen gelben Mantel trägt und, als weitere Provokation, laut Kaugummi kaut; auch diesen langen schlaksigen Jungen in aufgetrennten

Cowboyhosen mit seiner fettigen Mähne, auch diesen zahnlosen Alten, der sich mit Zeitungspapier zugedeckt hat und vor sich hin brabbelt. Die Leuchttafel auf dem Bahnsteig kündet mit roten Buchstaben, die auf dem Schirm dahinhuschen, Veranstaltungen von allgemeinem Interesse in der Stadt an, die auch für diese letzten Nachtschwärmer gedacht sind, von ihnen aber nicht eines Blickes gewürdigt werden. Ein Symphoniekonzert, eine Gemäldeausstellung, die Oper; dann nimmt die Wettervorhersage mehr Zeit in Anspruch, als jede andere Ankündigung, als jede andere Information. Sinkende Temperaturen im Norden, im Westen zieht ein Hochdruckgebiet auf, es folgen die Windgeschwindigkeiten und die Zeiten des Hoch- und Niedrigwassers. All das, um zu erfahren, ob man morgen den Regenschirm braucht oder nicht. Nun gut, das menschliche Wesen kümmert sich nur um das Nächstliegende, und das Nächstliegende bedeutet für die Mehrheit der Bevölkerung zu erfahren, ob das Wetter morgen schön wird. Das hat nichts mit der freien Wahl der Information zu tun, sondern mit dem Instinkt. Darin unterscheiden wir uns nicht vom Hund, von der Fliege, vom Elefanten.

Während ich auf dem beleuchteten, fast leeren Bahnsteig auf den Zug warte, geht mir durch den Kopf, daß ich der letzte Junggeselle der Gegenwart bin. *Der ideale Junggeselle* oder so ähnlich. Ich könnte der Star in einer Familienserie mit sechshundert Folgen bis zum glücklichen Ende, der Hochzeit, werden. Wen werde ich heiraten? (Wenn Sie an Lucia denken, irren Sie sich. Lucia eignet sich nicht für Familienserien, weil sie Psychotherapeutin ist. Die Familienserien gab es schon vor der Psychoanalyse und der Emanzipation der Frauen. Die Mehrzahl der Männer wüßte mit einer Psychotherapeutin als Ehefrau nichts anzufangen. Und außerdem ist Lucia wahrscheinlich verheiratet. War der Ehemann wohl einer ihrer Patienten? Endete die Therapie mit der Hochzeit? *Fortsetzung folgt.*)

Ein Junggeselle, der nachts mit der letzten U-Bahn in seine Wohnung zurückkommt, öffnet die Tür, es ist niemand da, er schnurrt vor Zufriedenheit, geht zum Kühlschrank, macht sich einen Sandwich mit Schinken, Käse, Salat und Tomate, öffnet eine Dose Bier, natürlich nicht alkoholfrei, sieht durchs Fenster das sich drehende blau-rote Logo der großen Bank, legt eine Platte von Tom Waits auf (aus seiner Zeit als noch unverheirateter, dem Suff ergebener Troubadour; später heiratete er, was seine Musik ruinierte), steckt sich eine Zigarette an, streckt die Beine aus und streift seine Schuhe ab. Sollte ihm noch etwas zu seinem Glück fehlen, kann er ein Pornovideo einlegen und in Seelenruhe und ohne Gefahr onanieren: es gibt kein Ansteckungsrisiko, und es kostet nichts.

Ah! Den Anrufbeantworter hört er auch noch ab, falls jemand angerufen hat.

– Ich muß Sie daran erinnern, daß Ihre Therapie noch nicht beendet ist, sagt die geschäftliche Stimme Lucias auf dem Band, nächste Woche würde ich Sie gerne wiedersehen.

Also, das habe ich nun nicht erwartet, obgleich, wenn man es richtig bedenkt, es in unserer Konsumgesellschaft logisch ist, daß der Verkäufer alles unternimmt, um seine Kunden zu halten. Und übrigens, wo gibt es denn noch starre Regeln? Das ist im Grunde sehr gut so.

Gut, die Rollen sind vertauscht: nicht ich, der angstgetriebene Patient, spreche eine Nachricht auf den Anrufbeantworter seiner Psychotherapeutin, sondern sie ruft mich an, sie sucht mich, sucht mich zu halten. Braucht sie mich oder mein Geld? (Du bist ein Egozentriker, dumm wie alle Egozentriker. Dieser Anruf gehört sicher zur Therapie: Wer sich aufgefordert fühlt wie ein Schoßhündchen, wird seinen Widerstand gegen das Weitermachen überwinden. Interpretation nach den gängigen Regeln.)

Bevor ich einschlafe, denke ich, daß mein Entschluß, die Therapie nicht fortzusetzen, nicht ausschließlich darauf zurückzuführen ist, daß ich kein Geld mehr habe. Ich will mit der Psychotherapeutin einfach nicht über Marta sprechen. Diese Geschichte möchte ich für mich allein behalten.

Drei Tage später tauchte ich um vier Uhr nachmittags wieder in der Passage der Antiquitätenhändler auf. Marta sitzt allein hinter dem Schaukasten und liest ein Buch. Ich vermute, daß es angenehm sein muß, dort zwischen dunklen Möbeln, Plüschsesseln, viktorianischen Lampen und altem Spielzeug zu sitzen. Es sieht aus wie ein Lesezimmer. In den Stadtwohnungen gibt es keinen Raum, der der Lektüre vorbehalten ist. Aber es gibt Platz für den Fernseher, das Lieblingskind des Hauses.

– Ich gäbe etwas darum, wenn ich wüßte, was Sie da lesen, sage ich statt eines Grußes.

Sie ist überrascht, offensichtlich angenehm überrascht (sie hatte keine Zeit, sich zu verstellen), klappt das Buch zu, als handle es sich um eine intime Angelegenheit und antwortet:

– Ich wache eifersüchtig über meine Lektüre. Ich spreche nur darüber, wenn es sich nicht vermeiden läßt. Lesen gehört zu den wenigen intimen Dingen des Lebens, und ich denke nicht daran, das zu entweihen. Aber ich freue mich, Sie wiederzusehen.

– Ich komme nicht Ihretwegen, sondern wegen der Badenden, sage ich im Spaß und überreiche ihr einen Strauß Blumen, den ich heute morgen gekauft habe: einen kleinen, buntgemischten Gartenblumenstrauß. Ich wollte sie wiedersehen. Es hat sie doch niemand gekauft?

– Ich verrate Ihnen ein Geheimnis, antwortet sie schnell. Ich verkaufe sie für nichts in der Welt. Mir gefallen sie nämlich auch sehr gut. Manchmal glaube ich, daß sie in abgelebten Zeiten einmal meine Schwestern waren, die unschuldig und fern von allen Blicken am Strand spielten.

Sie stellt die bunten Blumen in eine glänzend schwarze Vase, als gehörten sie ganz selbstverständlich hierher, zwischen alte vergilbte Fotos und Etuis mit Operngläsern.

– Ich habe mir gedacht, daß Sie mich nicht anrufen würden, und ich war nicht bereit, Sie nicht mehr wiederzusehen, sage ich ehrlich. Ich komme nur so vorbei, füge ich noch hinzu. Wie wäre es mit dem Café, in dem uns niemand sehen kann? schlage ich vor.

In der Tat, wer könnte uns im Café der Passage zu dieser Stunde am frühen Nachmittag sehen, wenn die Läden noch geschlossen sind und keine Kunden kommen.

– Ich bin eine leicht entflammbare Frau, sagt Marta, als wir Platz nehmen, wenn mir etwas gefällt, begeistere ich mich schnell. Aber ich kenne mich, und manchmal kann ich das auch vermeiden.

– Warum wollen Sie das vermeiden? Nicht alles, was Spaß macht, schlägt zum Nachteil aus, sage ich, wobei ich das unangenehme Gefühl habe, daß ich versuche, ihr etwas zu verkaufen.

– Ich möchte lieber über die Badenden sprechen, unterbricht Marta.

– Ich mag die traditionellen Rollen nicht, sage ich unvermittelt. Ich halte mich nicht für einen Verführer, der Sie zu etwas verführen will, das Sie insgeheim ersehnen oder auf keinen Fall wünschen.

Ich glaube, wir beide fühlen uns unbehaglich, aber keinesfalls, weil wir uns unsympathisch wären. Die intensivsten Beziehungen hatte ich zu Frauen, bei denen ich mich unbehaglich fühlte, und die sich bei mir unbehaglich fühlten. (Die einzige Art und Weise zu wachsen, würde die Psychotherapeutin sagen, aber sie ist jetzt nicht hier, was auch besser ist.)

– Erzählen Sie mir nicht, daß Sie an die Verführbarkeit glauben, antwortet Marta. Man kann nur das aktivieren, was schon irgendwie in einem ist.

Ich fühle mich immer noch unbehaglich; sie sich auch. Ich mache einen letzten Versuch, das Wortgefecht, in dem wir beide Meister sind, weil wir verführen können, zu beenden.

– Um zur Sache zu kommen, sage ich spontan, was halten Sie davon, jetzt zu dieser unmöglichen Zeit bei mir zu Hause mit mir zu schlafen? Oder ziehen Sie einen anderen Ort zu einer anderen Zeit vor?

Das war ein Volltreffer, und Marta verschüttet etwas Kaffee auf dem Tisch.

– Warten Sie zu Hause auf mich, sagt sie nach einem Augenblick des Zögerns entschlossen. Um halb sieben, ist Ihnen das recht?

Ich bejahe und gehe schnell weg. Beim Verlassen der Passage rempelt mich niemand an, aber mir fällt plötzlich ein, daß wir Redaktionsschluß in der Zeitung haben, und daß ich schon über die Leiche des Chefredakteurs gehen müßte, um die Arbeit um sechs Uhr verlassen zu können. Aber der Chefredakteur der Zeitschrift ist ein Hypochonder, und Hypochonder sind diejenigen, die sich am meisten Zeit lassen, bevor sie sich in Leichen verwandeln.

Ich stürme ins Gebäude wie der geölte Blitz.

– Was ist passiert? fragt die überraschte Telefonistin.

Ohne zu antworten, stürme ich weiter: so benehmen sich Entscheidungsträger.

Der Chefredakteur ist schon in der Redaktion, er tobt wegen einer vertauschten Bildunterschrift (ein Tennisspieler statt des gerade verstorbenen Ministers a.D.). Ich stecke den rechten Arm tief in meinen Regenmantel und gehe an meinen Schreibtisch, dabei stöhne ich leise. Mein Tisch liegt voller Papiere, und auf einem Block ist eine Anzahl von Telefonaten notiert, alle dringend. Ich werfe mich auf meinen Stuhl und tue ostentativ nichts. Das Telefon läutet, ich nehme nicht ab. Es läutet wieder. Das allerdings macht den Chefredakteur, wenn Redaktionsschluß ist, wütend.

Ohne aufzublicken, schreit mir der Chefredakteur entnervt zu: Nimm doch endlich ab oder steck es dir an den Hut.

Ich hebe mit der linken Hand ab und sage zu ihm:

– Für dich, die Zentralbank, der Geschäftsführer.

– Ich bin nicht da, schreit er. Ich werde ihn zurückrufen.

Da hebt er endlich den Kopf. Er sieht mich ungeschickt mit dem linken Arm hantieren, während ich den rechten immer noch tief im Regenmantel stecken habe.

– Was ist denn mit dir los? fragt er mich mit einem Mal interessiert.

– Mir geht es nicht gut, sage ich andeutungsweise. Nichts erregt einen Hypochonder mehr als eine Krankheit, von der er nicht weiß, was es ist und wie sie heißt. All seine Befürchtungen, seine Ängste und Projektionen brechen unkontrolliert auf.

– Was hast du denn, bohrt er.

– Ich weiß nicht, antworte ich. Mir tut der Ellenbogen ganz entsetzlich weh.

– Welcher? fragt er, läßt seine fesselnde Arbeit liegen und kommt auf mich zu.

– Der rechte, sage ich.

Er sieht mich entsetzt an. Das Schlimmste für ihn ist nicht das, was er sich ausmalt. Er hat sehr viel mehr Angst vor dem, was er mit Sicherheit nicht weiß und sich auch nicht vorstellen kann.

– Seit wann hast du die Schmerzen? fragt er beunruhigt.

– Seit gestern abend, antworte ich. Ich konnte vor Schmerzen nicht schlafen, füge ich hinzu.

– Was kann das sein? fragt er mich tonlos. Du bist doch nie krank, rechtfertigt er sich.

– Eine Epikondylitis, sage ich abwesend.

Er hat mir mit großer Aufmerksamkeit zugehört, und nun schweigt er. Ich habe ihn mit einer Krankheit überrumpelt, die er nicht kennt, und das ängstigt ihn noch mehr.

– Der sogenannte Tennisarm, sage ich noch.

Er ist sprachlos. Er kennt die Symptome nicht und fürchtet, selbst an einer Epikondylitis zu leiden, ohne es zu wissen.

– Aber du spielst doch gar nicht Tennis, bemerkt er (das sagt er zu sich selbst, denn er spielt auch nicht).

– Nicht nur Tennisspieler leiden daran, belehre ich ihn. Es handelt sich um eine Knochen- und Muskelentzündung, die als Folge einer Anstrengung, einer falschen Bewegung oder dadurch eintritt, daß eine Sehne sich am Knochen verschleißt.

Er begeistert sich für pseudowissenschaftliche Erklärungen. Die anderen findet er unverständlich.

Er denkt einen Moment nach.

– Das ist vom Spielen gekommen, schreit er plötzlich. Du hast den Arm beim Spielen überanstrengt! Er fühlt sich gerettet, befreit vom Übel, immun der Krankheit gegenüber: er spielt ja nicht.

– Das ist schon möglich, sage ich. Es tut sehr weh.

– Warst du noch nicht beim Arzt? fragt er verstört.

– Nein, sage ich. Heute ist Redaktionsschluß, und da habe ich gedacht, daß du mich brauchen würdest.

– Du tickst wohl nicht ganz richtig, schreit er mich an. Ich will keine Kranken in meiner Redaktion! Weißt du, wie so etwas behandelt wird? fragt er voll Ekel.

– Ich glaube, mit Infiltrationen und Ruhigstellung, kündige ich an.

– Infiltrationen? Das tut sicher ganz schön weh, vermutet er.

– Eine andere Möglichkeit gibt es nicht, sage ich. Sonst muß ich unters Messer.

– Geh jetzt sofort zum Arzt, schreit der Chef. Fahr ins Krankenhaus oder wohin auch immer!

Er identifiziert sich mit den Kranken; da wird er väterlich und verständnisvoll.

Ich verlasse die Redaktion wie der geölte Blitz. Es ist halb sechs. Im Taxi nehme ich den Arm aus dem Regenmantel und mache es mir bequem.

Um Viertel vor sieben ist sie da.

In der Abenddämmerung dieses langen Herbstes (ich habe das gedämpfteste Licht angemacht) gewinnt ihr Gesicht durch die Schatten an Tiefe und Ausdruck, die Augenringe der Süchtigen. Ich bekomme sie vom Spielen, andere vom Arbeiten, einige vom Schnupfen und die wenigsten von der Liebe. Wir sitzen auf dem Sofa im Wohnzimmer vor dem Ebenholztisch, auf dem eine Reihe Holz- und Lackdosen stehen, die mir Michelle schenkte, als sie beschlossen hatte, sich von ihrer Sammlung zu trennen. Ich habe nur noch eine dazugekauft, die kleine aus Metall mit den eingravierten Seemannsknoten auf dem Deckel.

Sie nimmt behutsam diese Dose in die Hand und streichelt sie. Diese Geste läßt mein Innerstes erschauern, und auch außen tut sich an einer bestimmten Stelle etwas. Als sie die Dose wieder auf den Tisch stellt, nähere ich mein Gesicht ihrem Gesicht im Profil und stecke meine Nase in ihre Haare. Sie riechen nach Holz, nach trockenem Holz, wie Haschisch. Ein starker Geruch, der etwas Beißendes in der Nase hinterläßt. Sie krault mit den Fingern meinen Kopf, der leider nicht die Fülle ihrer Haare aufweisen kann. Dann streichelt sie meinen Nacken, und ich spüre die Spannung meiner Nerven, wie schwingende Saiten. Ich öffne ihre weiße Seidenbluse und die herrliche, schöne Gerade ihrer Schultern, die geschwungenen Linien ihrer Schulterblätter (die einzige Geometrie, die mir gefällt) kommen zum Vorschein und ein wenig von ihrem Spitzenbüstenhalter, der nur einen Ton matter als die Bluse ist. Niemand kann diese Übereinstimmung in Worte fassen: Wenn das, was man findet, genau das ist, was man finden wollte, es aber, verglichen mit dem nur Vorgestellten, noch dazu die gewaltige Kraft des Wirklichen besitzt.

Dieses Entzücken kann eine frenetische, nervöse Aktivität (die unerträgliche Verstörung durch die Schönheit) oder eine passive Faszination auslösen. Die erste macht uns ungeschickt, verwirrt und unzufrieden, als wollten wir die Schönheit zerstören, vernichten, um die Ruhe wiederzuerlangen; die zweite lähmt uns, trägt uns fort in eine kontemplative, namenlose Abgehobenheit. Ich habe immer versucht, sowohl das eine wie das andere zu vermeiden. Nach den herkömmlichen Verhaltensregeln (oder dem Instinkt), die darauf hinauslaufen, eine Frau zu überfallen, als wäre sie ein Gebiet, das es zu erobern, oder eine Festung, die es zu belagern und zu nehmen gilt, bin ich eine Ausnahme; mein geheimes Vergnügen ist viel langsamer, viel raffinierter und feiner: Es besteht darin, mir Zeit zu lassen, mich langsam anzunähern, statt zu bedrängen, auszukundschaften, statt zu überfallen, zu entspannen, statt zu vergewaltigen. Ich halte überhaupt nichts von diesen unkontrollierten Ausbrüchen wie Naturereignisse: Große Erdbeben und zerstörerische Überschwemmungen, bei denen sich alles durchdringt, das Organische das Unorganische, das Schreckliche das Schöne. So wie es Maler gibt, die sich nicht von ihrem Bild trennen können, die noch einen Pinselstrich hier und noch einen da anbringen, so ist für mich die Liebe ein Werk, bei dem das Wichtigste nicht die Lösung am Schluß ist, sondern wie man dorthin kommt. Und wenn man angekommen ist – das unabwendbare Schicksal aller Dinge ist, daß sie irgendwann zu Ende gehen –, dann spüre ich schon im alles überstrahlenden Glanz des Endes eine gewisse Traurigkeit, die des beendeten Werks. Was man liebt, ist wert, ohne Eile und mit Hingabe geliebt zu werden. Nur das, was man aufgeben oder verlieren will, sollte man mit Hast besorgen.

Aber man kann nicht immer in der Schönheit verweilen; sie ist Zuflucht, keine Bleibe. Ich weiß nicht, wieviel Zeit schon vergangen war, und auch nicht, wie oft ich das Werk, das ich nicht beenden will, angefangen und zum guten Ende gebracht hatte, als Marta sagte:

– Es tut mir leid. Ich bin keine ungebundene Frau. Ich muß gehen.

Gut, sie war eine vernünftige Frau.

Sie zog sich vor dem Spiegel im Schlafzimmer an, so daß ich, immer noch im Bett liegend, zwei Martas sehen konnte: eine, die anmutig und elegant ihre Bluse anzog und die Silberohrringe ansteckte, und eine andere im Spiegel, die schon den schwarzen Rock über die Hüften gezogen hatte.

– Hast du kein Recht auf Bewegungsfreiheit, fragte ich, auf so etwas wie Sommerferien oder Ausgang einmal pro Woche?

Sie sah mir ruhig in die Augen.

– Ich würde dich gerne wiedersehen, sagte sie, aber es wird nicht leicht sein.

– Ich wäre auch ein eifersüchtiger Ehemann, gab ich zu.

Sie lachte.

– Ich kann mir dich nicht als Ehemann vorstellen, war ihre Antwort.

– Danke, sagte ich.

Nun warf sie noch einen prüfenden Blick in ihre schwarze Handtasche, wie das praktische Frauen so tun. Alles in Ordnung nach der amourösen Unordnung: die Schlüssel, die Kleenex, der Taschenkalender, der Kugelschreiber, das Portemonnaie, die Zigaretten, das Feuerzeug, ein kleines Notizbuch, Lip-gloss, die Kreditkarte und ein kleines venezianisches Pillendöschen, vielleicht für Verhütungspillen.

Ich zog mich schnell an. Rosa Hemd, beigefarbene Hose, blaues Sakko. Wir waren beide romantisch angezogen, aber im Grunde war es doch eher klassisch: Ehe, Ehebruch, all das.

– Ich verabscheue Madame Bovary, sagte ich, als wir das Schlafzimmer verließen.

– Was du nicht sagst, meinte sie lächelnd.

– Jetzt würde ich dich am liebsten zu einem starken Kaffee in einem warmen Nachtcafé einladen, sagte ich. Nach der Liebe unterhalte ich mich sehr gern bei einigen Tassen Kaffee. Aber in dieser Stadt hat nach zehn niemand mehr die Espressomaschine in Betrieb, und du mußt ja gehen.

Kurz vor der Wohnungstür zögerte sie.

– In zehn Tagen muß ich nach London, teilte sie mir mit. Geschäftlich: Ich bin einer 1939 in Leipzig hergestellten Porzellanpuppe mit dem Firmenzeichen hinten am Hals auf der Spur, die wahrscheinlich in irgendeinem Hinterzimmer eines alten, halb verrückten Sammlers in der Kings Road liegt.

– Zufällig, antwortete ich, muß ich innerhalb der nächsten zehn Tage auch nach London, auch geschäftlich: Ich verfolge eine romantische Frau, die sich für eine bourgeoise Frau hält, und die in einem Antiquitätenladen Gedichte liest. Wem sie gehört, interessiert mich nicht. Ich habe noch nie an das Privateigentum geglaubt.

– Deswegen bist du auch nicht reich geworden, gab sie lachend zurück.

Ich begleitete sie nach unten, hielt ein Taxi an, und wir beide bemühten uns, uns zum Abschied nur flüchtig zu küssen. Ich ging leise pfeifend zum Haus zurück. Das ist eine Angewohnheit seit meiner Kindheit, aber ich pfeife nur, wenn ich sehr zufrieden bin, d.h. wenn ich in eine wunderschöne bourgeoise Frau verliebt bin, die ich in eine romantische Frau verwandeln möchte.

Ich öffnete die Eingangstür zum Haus. Der Flur war dunkel, ich machte Licht. In dem Augenblick stürzten sich zwei bullige Typen, die ich noch nie gesehen hatte, auf mich.

Sie besaßen die Liebenswürdigkeit, mich halbtot bis zu meiner Wohnungstür zu schleifen. In meinen Taschen suchten sie die Schlüssel, öffneten und warfen mich wie einen Sack Kartoffeln hinein, nicht ohne für den Fall, daß ich etwas dümmlich wäre, hinzuzufügen:

– Das ist nur eine Warnung, Don Juan, aber wenn du nicht locker läßt, gehen für dich die Lichter aus.

Sie traten mir noch gegen den Kopf, weil es ihnen Spaß machte, die Angelegenheit ordentlich zu beenden, und ließen mich auf dem Boden liegen. Meine Nase blutete, der Unterkiefer war ausgerenkt, und ein Arm war gebrochen.

Als ich mich wieder ein wenig bewegen konnte, schleppte ich mich zum Telefon und wählte die Nummer des Chefredakteurs. Er ist der einzige Mensch, den ich kenne, der es fertigbringt, nach ein Uhr nachts aufzustehen, wenn ein Kranker ihn braucht.

– Was ist denn mit dir los? fragte er. Du hörst dich ganz entsetzlich an.

Hätte er erst mein Gesicht gesehen!

– Ich muß unbedingt zum Arzt, brachte ich mühsam hervor. Kannst du mich hinbringen?

– Zum Arzt? wiederholte er. Ich ziehe mich an und komme sofort. Nimm schon mal ein Aspirin oder so. Und bleib ruhig liegen. Kranke soll man nicht bewegen, sagte er und hängte ein.

Drei Tage später, ich war schon wieder in der Redaktion, erhielt ich eine kleine Nachricht von Marta. Sie lautete: »Ich habe die Reise nach London abgeschrieben. Ich hoffe, du entschuldigst mich, Marta«. Auf dickem grünen Papier in einem gleichfarbigen Umschlag, der nach Holz roch.

Die Entzündungshemmer machten meinem Magen zu schaffen, vielleicht war mir deswegen speiübel. Außerdem gefiel mir nicht, daß es Herbst war. Es wird sehr früh dunkel, man erkältet sich leicht, und alle Welt ist niedergeschlagen.

– Ich wüßte doch gerne, was dir passiert ist, hatte der Chefredakteur zu mir gesagt, als der Arzt die Erstversorgung vornahm. Ich nehme nicht an, daß das eine Abrechnung beim Spiel war, und du steckst auch in keiner heiklen Ermittlung für die Zeitschrift, fügte er hinzu.

– Es ist eine persönliche Angelegenheit, antwortete ich lakonisch.

Er musterte mich mit einem gewissen Respekt. In seinem Jargon heißt »persönliche Angelegenheit«, daß es was mit Sex zu tun hat; aber dieses Thema erweckt auch seinen Argwohn und ein gewisses Mißtrauen: nie erscheint es ihm hinreichend sauber.

– Wie seltsam, bemerkte er. Du läßt dich doch sonst nicht auf solche Sachen ein.

– Ich hätte Lust, die Geschäfte eines gewissen erfolgreichen und wohlhabenden Unternehmers unter die Lupe zu nehmen; seine Finanzen scheinen nicht ganz durchsichtig zu sein, sagte ich.

Er sah mich argwöhnisch an.

– Niemand hat durchsichtige Finanzen, antwortete er mißtrauisch.

– Einfach persönliche Neugier, erklärte ich.

– Kannst du mir verraten, wer es ist? fragte er.

Ich zögerte. Eigentlich wollte ich das Geheimnis für mich behalten, aber jetzt erschien mir das nicht mehr so wichtig. Außerdem war ich müde und niedergeschlagen. Sicher die Entzündungshemmer.

– Ich weiß, wer das ist, antwortete er, als ich ihm den Namen des Bauunternehmers gesagt hatte. Ein kleiner Fisch, der sehr groß geworden ist, setzte er vielsagend hinzu.

Ich hoffte, den Chefredakteur für meine Sache gewonnen zu haben, obwohl er oft seine Meinung ändert und leicht beeinflußbar ist.

Trotz meiner Kopfschmerzen und der Übelkeit, die vom Magen kam, machte ich einige ziemlich überstürzte Anstalten, um an Informationen über die Geschäfte dieses Bauhais heranzukommen. Der Sache nachzugehen brachte mich ein wenig auf Touren; das war das einzige, was ich tun konnte, und mir erschien das sinnvoller, als nichts zu tun. Es spendete mir so etwas wie Trost. Die ersten Informationen unterbreitete mir ein Neuling in der Zeitschrift, einer von denen, die sich Meriten erwerben wollen, die alle Aufträge entgegennehmen, ohne mit der Wimper zu zucken, und die keine Fragen stellen. Bislang hatte er keine wichtigen Entdeckungen gemacht: ein paar geschickt eingefädelte Verträge, einige Konzessionen, die er wer weiß wie erhalten hatte, und eine öffentliche Ausschreibung, die er nicht hätte bekommen dürfen. Nichts Besonderes, nichts allzu Skandalöses.

Mir schmerzte der Arm. Und außerdem machten mir die schmerzstillenden Mittel den Magen kaputt. Am besten ginge ich nach Hause. Ich kann mich nicht erinnern, seit meiner Kindheit vor neun ins Bett gegangen zu sein.

Albert Cohen sagt in einem seiner Romane, daß Romeo sich nie und nimmer in Julia verliebt hätte – und es also auch keine Tragödie gegeben hätte –, wenn sie alt und zahnlos gewesen wäre. Ebenso wenig Calisto in Melibea. Die Liebe, so folgert der Genfer Schriftsteller, hängt also von solch subtilen Dingen wie der Form der Nase ab, dem Umfang des Busens, der Geste, mit der eine Zigarette zwischen den Fingern gehalten wird, und der Bewegung der Hüften. »Blödmann«, sage ich, schon im Bett, zu diesem Anhängsel meines Unterleibs, auf dessen Regungen ich so sensibel reagiere. Aber die Frau, die Cohen am meisten liebte, Jane Fillion, die ihn zu »Schöne des Herrn« inspirierte, war nicht die schönste. Er liebte sie deswegen so heiß und innig, weil die intelligente, sinnliche, leidenschaftliche Jane Frauen liebte. Daß er sie nicht definitiv besitzen konnte, sicherte Cohen die Fortdauer seines Begehrens. Jane verkörperte, da sie mit Leidenschaft Frauen liebte, den Mangel, aus dem die Sehnsucht des Schriftstellers hervorging.

Sie trennten sich nach zwei Jahren quälerischer, heftiger, feindseliger und verblendeter Liebe. Aus den Trümmern erhob sich die »Schöne des Herrn«. (In der Erinnerung liebt man stärker: Das entdeckten die Dichter schon am Anfang allen Anfangs – wenn es denn einen Anfang gab.) Es gibt Menschen, die aus Trümmern ein Feuerwerk entfachen. »Du dagegen: nichts dergleichen!« sage ich zu meinem unteren Anhängsel, das sich nicht viel rührt seit dem Überfall. »Feigling«, sage ich noch. »Heute nacht könnte ich die traurigsten Verse schreiben«, murmelt mein Glied apathisch. »Auch das hat schon ein anderer geschrieben«, antworte ich ihm.

Einmal habe ich Claudia gefragt, ob sie normalerweise mit ihrem Geschlecht spricht; sie verneinte und sagte, daß sie auch keine Frau kennt, die das tue. Das ist ein fundamentaler Unterschied. Ein Mann, ganz gleich, ob er heterosexuell oder *gay* ist, spricht irgendwann in seinem Leben mit seinem Penis, wenn er es sowieso nicht jeden Tag tut. Manch einer malt ihm ein Gesicht, Augen und Schnurrbart. Das ist eine Art, sich darüber lustig zu machen, ihm die Transzendenz zu nehmen. Ich bin zu stolz dazu. Mir gefällt seine Selbständigkeit, auch wenn sie mir schadet. Wenn ich etwas mit ihm machen müßte, würde ich ihn in eine Rakete verwandeln. Wie die Generäle. Sie fabrizieren eine enorme Rakete in Form eines Penis', geben ihr einen liebevollen Namen wie ihrem Glied, und schießen sie auf den Feind ab, der seinerseits einige Raketen vergleichbarer Größe besitzt, in Form eines Pimmels mit neckischen Kosenamen. Und es beginnt der Raketenkrieg, der Pimmelkrieg.

Das Telefon läutet. Es ist der Chefredakteur. Er fragt nach meinem Befinden. Ich sage ihm, daß ich Krieg spiele.

– Da tust du gut dran, sagt er. Sieh fern, spiel Schach. Ruh dich aus, und nimm deine Entzündungshemmer.

– Ich spiele gerade Krieg der Penisse, sage ich. Eine Rakete, ein Penis; ein Penis, eine Rakete. Mal sehen, wer gewinnt.

Am anderen Ende entsteht eine Pause.

– Hast du nicht irgendwo eine Mutter? erinnert sich der Chef plötzlich. Warum rufst du sie nicht an und bittest sie zu kommen, um dich zu pflegen? Du scheinst Fieber zu haben.

– Der Krieg ist keine Frauensache, antworte ich. Er ist eine männliche Erfindung. Von Männern, nur für Männer, sage ich.

– Und deine Psychotherapeutin? Warum rufst du die Psychotherapeutin nicht an? insistiert er.

– Sie ist Psychotherapeutin, kein Babysitter, sage ich und lege auf.

In der Redaktion wartet schon der junge, vielversprechende Journalist mit einigen Papieren auf mich. Er ist sehr mit sich zufrieden. (Seit ich den Arm in der Schlinge habe, gehe ich früher ins Büro.) Bei den Recherchen, um die ich ihn gebeten habe, ist er auf einen ungeheuren Filz gestoßen. Also: Martas Mann hat während des Jahres 1986 über Strohfirmen, die nur auf dem Papier existierten, *sämtliche* Konzessionen für öffentliche Bauten eines Ministeriums an sich gerissen. Dann hat er sie geschickt auf Unternehmen von Teilhabern verteilt, die ihm sehr viel Geld für die Vermittlung zahlten. Der Schwindel ist nie aufgedeckt worden, wahrscheinlich stecken Beziehungen zu Politikern dahinter.

Hier haben wir also den Fall, sage ich zu mir selbst, daß jemand, der noch keine Rakete besitzt, sehr wohl schon eine Bombe haben kann. Ich werde den Chefredakteur bitten, den Jungen fest anzustellen, er hat es verdient.

Mit den Papieren in der Hand gehe ich zum Chef ins Büro. Er sitzt vor seinem Schreibtisch und schreit ins Telefon. Uns ist ein Exklusivrecht entgangen. Was für ein Exklusivrecht? Die Hochzeit des Toreros oder so etwas ähnliches. Wie konnte das passieren? Hat die Konkurrenz mehr geboten? Niemand weiß genau, wie das passiert ist. Ich auch nicht. Er legt wütend auf. Mürrisch sieht er mich an.

– Ich habe alles! jubele ich begeistert. (Depression – Euphorie: die Stadien des zwanghaft Depressiven.) Ich habe die Beweise für den Betrug des Bauunternehmers, teile ich dem Chef mit. Einige Milliarden! Ich muß nur noch herausbekommen, wer der Mann oder die Personen sind, die ihn decken, sage ich abschließend.

Der Chefredakteur betrachtet die Papiere, die ich ihm reiche. Ich warte geduldig. Ich kann mir nicht erklären, wieso diese Sachen nicht schon eher aufgeflogen ist. Aber jetzt werde ich ihn fertigmachen, ihn in den Staub zwingen. Wieso gibt es eigentlich die Metapher »Staub« für den Orgasmus? Sicher hat sich irgendein Typ nach einem intensiven Beischlaf (wie komme ich bloß auf den Gedanken, daß es ein Beischlaf mit Marta war?) müde und abgeschlafft gefühlt und gesagt: »Ich fühle mich wie zu Staub zermahlen«. Das ist dann in die Sprache eingegangen. Ausgehend von dieser neuen Bedeutung des Wortes »Staub« bekommt der Bibelvers »Staub bist du, und zu Staub wirst du wieder werden« einen interessanten neuen Sinn.

Nachdem er die Papiere aufmerksam durchgeblättert hat, sagt der Chef:

– Interessant, aber nicht machbar!

Staub bist du, und zu Staub sollst du wieder werden.

– Was sagst du da? frage ich erstaunt.

– Ich sagte: Interessant, aber nicht machbar.

So ist das bei der Zeitschrift: es wird beschlossen, und damit Schluß!

– Warum? frage ich erschöpft.

– Ich habe auch einiges herausgefunden. Millionen dieses Geldes sind wieder dorthin zurückgeflossen, woher sie kamen, deutet der Chefredakteur an.

– Ins Ministerium? frage ich.

– So ist es, mein Lieber, sagt er. Ein bißchen Geldumlauf,

das Rad der Fortuna oder wie du das nennen würdest. Wer gibt, nimmt: so ähnlich könnte die Farce heißen.

– Umso besser, versteife ich mich. Ich nehme mir auch das Ministerium vor. Zwei Fliegen mit einer Klappe.

Der Chefredakteur sieht mich mit einer gewissen väterlichen Nachsicht an. Das kenne ich, obwohl ich nie die Gelegenheit hatte, von meinem Vater so angeschaut zu werden.

– Du gehst ins Bett und nimmst dir deine Entzündung vor, die du am Auge hast, sagt er und fügt noch hinzu: Ich weiß nicht, ob du weißt, daß das Ministerium uns viele Anzeigen zukommen läßt, und außerdem möchte ich nicht, daß sie mir die Zeitschrift dichtmachen.

– Wir haben mehr Anzeigenkunden, als wir brauchen, antworte ich.

– Betrachte die ganze Angelegenheit von jetzt an als Verschlußsache, sagt der Chefredakteur. Es hat keine Recherchen gegeben, niemand weiß etwas, und dich hat ein Auto angefahren. Glücklicherweise nichts Schlimmes, aber du brauchst Ruhe. Nimm dir zwei Wochen Urlaub.

Dann läßt er sofort den jungen Mann kommen, den ich um die Recherche gebeten hatte.

– Wo sind die Informationen gespeichert? fragt er ihn harmlos neutral.

– In meinem Computer, antwortet der Junge blauäugig.

– Dann werden wir jetzt sogleich alles löschen, sagt der Chefredakteur und steht auf, um den Vorgang zu überwachen. Jorge nimmt zwei Wochen Urlaub, um wieder auf die Beine zu kommen. Während dieser zwei Wochen übernimmst du seinen Bereich, fügt er hinzu.

Wütend verlasse ich die Redaktion. Ich will Marta unbedingt wiedersehen, notfalls an der Seite des widerlichen Häuserbauers, des *Self-made-man*, Protegé eines Ministers. Ich gehe Richtung »Billard«. Wenn ich etwas Glück habe (es ist acht Uhr abends), tauchen sie dort wie ein gelangweiltes Durchschnittsehepaar auf, das seine Langeweile über der unbeteiligten Stimme einer Angestellten, die die Kugeln herbetet, vergißt. Kugeln! Maria José hat mir gesagt, daß sie normalerweise nur einmal pro Woche kommen. Ich hoffe, daß heute dieser Langeweile-Tag ist.

Der Türsteher vom »Billard« (der grünverkleidete Pinguin) begrüßt mich nicht so überschwenglich wie sonst: Er hat mein geschwollenes Gesicht und meinen Arm in der Schlinge bemerkt.

– Alles in Ordnung, der Herr? sagt er unauffällig zu mir.

– Alles in Ordnung, erwidere ich.

Ich setze mich an Tisch 12, einen Tisch, an den ich mich sonst nie setze; aber er steht in der Nähe der Eingangstür. Von diesem Tisch aus kann ich problemlos die Spieler mustern, die schon Platz genommen haben, und die, die hereinkommen, wenn das Licht im Gang wie ein Signal zum Losstürmen aufleuchtet.

An dem runden Tisch 12 sitzt schon eine etwa vierzigjährige rotwangige Dicke, die wie eine alte Jungfer aus dem Mittelstand aussieht, d.h. behängt mit Goldschmuck, Armbändern, auffällig geschminkt, und die einen jaulenden Foxterrier auf dem Balkon alleingelassen hat. Die unbefriedigten Frauen in den Erzählungen Tschechows führten in der Abenddämmerung ihr Hündchen über die Brücke oder vor dem Bahnhof spazieren, wenn die weiten, rötlich-grauen Wolken wie ihre Seufzer dahinzogen.

Ein Jahrhundert später kommen die unbefriedigten Städterinnen zum Bingo, nehmen an einem runden Tisch Platz, legen neben die Karten die Zigarettenpackung, das Feuerzeug und den dicken Stift bereit und hören unbewegt auf die Ansage der Kugeln. Es kann »Bingo« für sie herausspringen oder ein heiratswilliger, alleinstehender Mann in reiferen Jahren.

Die Bingoverkäuferin legt mir eine ganze Serie hin, und als sie mich erkennt, sagt sie leise:

– Seit Tagen schon habe ich Sie nicht mehr gesehen.

Ich lächle schwach. Eigentlich ist es wie im Bordell: »Guten Abend, mein Herr. Wie geht es Ihnen? Kann ich Ihnen einen kleinen Orgasmus anbieten? Oder einen überwältigend großen? Die Mädchen werden sich gleich um Sie kümmern.«

Sie befinden sich nicht im Saal. Sie sind noch nicht gekommen, falls heute überhaupt ihr Unterhaltungsabend ist. Der Hai wird noch seine vielen Angelegenheiten am Telefon abwickeln, und Marta wird, nachdem sie ihren Laden abgeschlossen hat, nach Hause gegangen sein, um sich umzuziehen.

Ich konzentriere mich nur mäßig auf die Ansage der Zahlen, und die Runden folgen aufeinander, ohne daß ich den Tisch oder den Stuhl wechsle. Die Dicke neben mir bekommt allmählich schlechte Laune.

– Hier in unsere Ecke fallen überhaupt keine Gewinne, murmelt sie an meine Adresse.

Mir ist nicht nach einem Gespräch zumute, und ich antworte nicht. Zum ersten Mal erwarte ich einen anderen Gewinn.

Da öffnet sich die Tür zum Saal, und im Tabaksqualm und Lichterschein (die Lüster, die Videoschirme, das Licht vom Vestibül) sehe ich ein Paar hereinkommen, der Hai vorneweg. Mein Herz klopft, aber ich habe mich im Fisch geirrt. Es wird einer von den kleinen Fischen sein, doch ich will heute abend Hai speisen.

– Eine Serie, mein Herr? fragt mich die neue Verkäuferin.

Die Schicht hat gewechselt. Diese hier kenne ich nicht. Pro Runde eine Serie; wenn ich in diesem Tempo weitermache, bin ich blank, noch bevor Marta und ihr Mann hier sind. Am besten, Marta käme diesmal, um alleine zu spielen.

Um Mitternacht reift in mir die Überzeugung, daß sie nicht kommen. Ich bin jemand, der warten kann und dezidierte

Meinungen hat: ein Dickschädel. Ich habe vier Stunden (fünfundzwanzig Runden) gebraucht, um die Überzeugung zu gewinnen, daß ich sie heute abend nicht treffen werde. Ich habe nicht gewonnen, nicht ein einziges Mal. Ich bin nicht konzentriert beim Spiel, und dann habe ich auch noch Kopfschmerzen. Die Dicke ist schon vor einiger Zeit gegangen. Sie hatte zwei richtige Zahlenreihen, holte damit einen Teil ihres Geldes wieder herein und verließ den Saal in der Überzeugung, daß es nicht ihr Glücksabend war. Jetzt sitzt neben mir ein seltsames Paar: ein großer blonder Ausländer und eine braunhäutige Philippinin, die miteinander schmusen, jeder spielt seine eigene Karte. Sie, verliebt und glücklich wie sie ist, markiert fröhlich die Zahlen und war beim letzten Durchgang kurz vor dem Hauptgewinn. Ich spüre, daß sie gewinnen wird: Diesen Augenblick größter Glückseligkeit gibt es, wenn überhaupt, nur einmal im Leben. Sie hat sowohl den Mann ihres Lebens, eine Zufallsbegegnung, als auch die Karte, die Glück bringt.

Wenn sie um zwölf nicht hier sind, werden sie nicht mehr kommen. Die ehelichen Gewohnheiten sind umwerfend monoton. Marta weiß das sicher am besten. Während all dieser Zeit (seit dem Überfall) hat sie nicht versucht, mich anzurufen oder in meine Nähe zu kommen. Nur diese lakonische Karte, auf der sie definitiv das Treffen in London absagte. Gut, wenn sie unsere Affäre als beendet betrachtet, warum tue ich das denn nicht auch? Noch eine Episode im Leben, jenem sinnlosen Fortsetzungsroman, den ein betrunkener Autor schreibt (schlechte Shakespeare-Paraphrase). Ich sollte die Kraft aufbringen, vom Tisch aufzustehen, den Saal zu verlassen und nach Hause zu gehen. Ein Schmerzmittel nehmen, schlafen. Aber es ist schwierig, die Schlußpunkte zu akzeptieren, die von einem anderen oder einer anderen gesetzt worden sind. Für den Schlußpunkt möchte man selber verantwortlich sein, wie für den Phallus und die Kugel.

Maria José sehe ich nirgends. Statt dessen glaube ich, einen anderen Hausdetektiv im Saal ausgemacht zu haben: einen mittelgroßen, farblos aussehenden Mann, der umhergeht, sich zwischen den Tischen mit der Leichtigkeit eines Tänzers bewegt und nie etwas sagt. Aber wir Spieler werden alle von ihm beobachtet wie von einem distanzierten Vater, den ich nicht hatte, der mich nicht beobachtete.

Um halb zwei morgens verlasse ich einen Moment das Lokal, lasse auf dem Tisch die Zigaretten und das Feuerzeug zurück, um Geld vom nächsten Geldautomaten zu holen. Ich fühle mich wie auf einer schiefen Ebene; ich bin dabei, in einem angenehmen und zugleich unangenehmen Schwindel hinabzurutschen. Jemand müßte mich zurückhalten. Aber wozu? Das Leben ist eine Rutschbahn – alte Tangometapher.

Ich kehrte in den Saal zurück mit der Überzeugung, daß ich in dieser Nacht, in der ich Marta und ihren Spekulantenhai nicht getroffen habe, auch nicht gewinnen werde. Es geht schon gar nicht mehr darum zu gewinnen, sondern nur noch darum, etwas von dem verspielten Geld zurückzubekommen. Aber ich werde nicht gewinnen, weil ich keine gefühlsmäßige Beziehung zum Geld habe. Für mich ist Geld ein Fluß (etwas Vorübereilendes, Fließendes), kein bewohnbares Haus.

Um drei Uhr in der Frühe sind nur noch wir hartnäckigen Verlierer im Saal. Einige wenige Menschen, die sich ähneln: schmächtige Typen, dunkel gekleidet, mit Augenringen, Raucher, Einzelgänger. Bordell oder Bingo, das ist letztlich egal.

Die vereinzelten Frauen im Saal sind nicht allein und auch keine richtigen Spielerinnen. Sie leisten gelangweilt ihren spielwütigen Ehemännern Gesellschaft. Wenn es nach ihnen ginge, wären sie schon schlafen gegangen.

In der vorletzten Runde gewinnt eine Zahlenreihe auf meiner Karte, sie bringt überhaupt nichts, aber wenigstens ist das Wort »Zahlenreihe« weiblich.

– Pech, bemerkt dazu der Typ, der an meinem Tisch sitzt. Beinahe wäre es »Bingo« gewesen.

Spielverderber!

Ich fahre mit dem Taxi nach Hause. Die beleuchtete Stadt ist menschenleer, die Laternen hängen wie Festgirlanden in den Bäumen. So ist die Stadt schön: verlassen, kalt, statisch wie ein Bild im Museum.

– Wenig zu tun, sagt der Taxifahrer. Ich glaube, ich werde schlafengehen.

Ich habe die unsinnige Hoffnung, eine Nachricht mit Martas Stimme zu hören, wenn ich nach Hause komme und den Anrufbeantworter abspule. Ich frage mich, was wir von den Toten am längsten im Gedächtnis behalten, das Aussehen oder die Stimme. Von meiner Großtante in Aix, die mich mit aufzogen hat, vergaß ich zuerst ihr Aussehen in den letzten Jahren. Als ich nur noch ein Bild von ihr in sehr viel früheren Jahren vor Augen hatte, merkte ich, daß ich auch ihre Stimme vergessen hatte.

Ich betrete das Gebäude mit Vorsicht. Ich bin nicht ganz sicher, ob nicht noch ein vom Spekulantenhai bestellter Totschläger hinter einer Säule oder der Treppe steht, um seine Arbeit zu beenden.

In meiner Wohnung mache ich Licht, lege *Green sleeves* auf den Plattenteller, eine sanfte irische Volksliedmelodie, die von mehr als hundert Komponisten der Insel immer wieder umgeschrieben wurde. Ich gehe zum Anrufbeantworter, spule zurück. Da höre ich eine Nachricht von Lucia.

– Ich erinnere Sie daran, daß Sie morgen früh die nächste Sitzung mit mir verabreden müssen.

Gut, eine diskrete Art, nicht zur Kenntnis nehmen zu wollen, daß ich abgebrochen habe; eine gewinnende Taktik. Oder schulde ich ihr vielleicht noch Geld? Ich kann mich nicht mehr genau erinnern, ob ich ihr die letzte Sitzung bezahlt habe.

Verlassenwerden: Ich will nicht zur Kenntnis nehmen, daß mich Marta verlassen hat, und die Psychotherapeutin möchte nichts davon wissen, daß ich aufgegeben habe.

– Verlassenwerden ist sehr schmerzlich, sagte mir einmal die Psychotherapeutin, als wir von der Abwesenheit meines Vaters sprachen. Für Michelle war es sicherlich schmerzlicher als für mich.

Die gestrige Nacht war die letzte. Dieser Entschluß ist unterschwellig, unbewußt in mir gereift, so wie ein Embryo, ein Fetus, ein neues Lebewesen Gestalt annimmt. Heute morgen (ein heller Morgen, fast wie im Winter, wenn die Umrisse klar zu sehen sind, als ob die Kälte ein scharf schneidender Diamant wäre) wachte ich mit der Überzeugung auf, daß die gestrige Nacht die letzte gewesen wäre.

Ich ging wie jeden Morgen zum Frühstück hinunter in die Bar an der Ecke. Kaffee mit Hörnchen. Der Besitzer der Bar begrüßte mich und fragte, während er die Tasse anwärmte:

– Wie geht's? Was macht die Zeitschrift?

– Weiß ich nicht, antwortete ich. Ich habe Urlaub.

Er warf einen Blick auf meinen Arm in der Schlinge und schien zu verstehen. Wie fast alle, die glauben, verstanden zu haben, hatte er wahrscheinlich nichts verstanden.

Dann fuhr ich zur Redaktion. Mit dem Taxi.

Ohne anzuklopfen betrat ich das Büro des Chefredakteurs. Er telefonierte gerade. Als er aufgelegt hatte, sah er mich an und sagte:

– Was machst du denn hier? Ich habe dir vierzehn Tage Urlaub verpaßt, damit du ruhiger wirst.

– Ich bin ruhig, antwortete ich. Und in aller Ruhe sage ich

dir, daß ich nicht mehr weitermache, wenn die Sache nicht angeprangert wird.

Vielleicht hatte er das Thema schon vergessen oder es in die Abstellkammer der Vergangenheit verbannt. Als er begriff, was ich gesagt hatte, wurde er unruhig in seinem Sessel, fuchtelte mit den Armen in der Luft und schrie:

– Bist du verrückt geworden? Weißt du überhaupt, was du da sagst? Oder hat dir der Tritt gegen den Kopf endgültig den Verstand geraubt?

– Wenn die Sache nicht ans Licht gebracht wird, gehe ich, wiederholte ich ungerührt.

– Ein Angestellter kann mir keine Bedingungen stellen, Dummkopf, sagte der Chefredakteur zu mir.

– Ja, das weiß ich, sagte ich und fügte hinzu: Einerseits kann ich nicht und sollte auch nicht, aber andererseits muß ich.

– Das ist ja zum Lachen, stotterte er. Du weißt genau, daß Dutzende von Leuten auf deinen Platz oder auf meinen oder auf den irgendeines anderen nur warten! Wir leben in einer Wettbewerbsgesellschaft. Niemand ist unverzichtbar, einzig und allein das Geld ist unverzichtbar. Ich kann dich schnell ersetzen, oder was hast du dir eingebildet?

– Ich weiß, daß ich nicht unersetzlich bin, und daß du meine Stelle sofort wieder besetzen kannst. Ich kenne auch schon diejenigen, die nur darauf warten. Aber die Entscheidung mußt du treffen.

– Was wirst du denn machen? Kartoffeln pflanzen? In einem Holzboot den Pazifik überqueren? Einsiedler werden? Ich nehme nicht an, daß du in der Lotterie gewonnen hast.

– Nein, sage ich. Ich hab' ja nie Glück.

– Ah, antwortete er, ich verstehe. Du verdienst sicher schon irgendwo anders.

Ich hatte von ihm keinen plötzlichen Anflug von Intelligenz erwartet: Der Sensationsjournalismus macht stumpf.

– Wie und wo ich verdienen muß, ist meine Sache, antwortete ich. Und manchmal geht es gar nicht darum zu verdienen, sondern sich nicht allzu sehr unter Druck setzen zu lassen.

– Mit dem Idealismus ist es seit den Siebzigern vorbei, erklärte der Chef.

– Aber nicht mit dem Unbehagen, antwortete ich.

– Dann nimm Aspirin, mach Gymnastik, kauf dir italienische Krawatten oder besorg dir einen arabischen Geliebten.

– Das Rezept kenne ich schon, sagte ich.

Ich stand auf und fügte noch hinzu:

– Wenn du dich entschieden hast, laß es mich wissen.

Wahrscheinlich war ich drauf und ran, diese Partie zu verlieren; aber wenigstens hatte nicht der Zufall entschieden. Den Ausgang der Sache würden der Chef und ich entscheiden.

Am Nachmittag betrat ich um fünf Uhr, gerade als es öffnete, das »Billard«.

Der Saal war gut besucht, es war Monatsanfang und die Spieler hatten Geld. Ich setzte mich an einen Tisch mit dem Rücken zur Eingangstür und beschloß, den bösen Zauber über diesem Lokal, in dem ich immer nur verliere, zu brechen.

Ich spielte ohne Leidenschaft, ohne inneren Drang. Es war mein Abschied. Ich hatte Lust, bald aufzuhören und das Lokal zu verlassen.

Zwei Stunden, nachdem ich den Saal betreten hatte, gewann ich einen Spezial – »Bingo«. Das war für mich das erste Mal, etwas, das selten vorkommt.

Ich nahm das Geld ohne Rührung entgegen und gab kein Trinkgeld. Ich machte mir nichts daraus, gegen die Regeln zu verstoßen. Ich spielte weiter. Nach einer Stunde gewann ich nochmals »Bingo«. Da nahm ich das gesamte gewonnene Geld und steckte es in meine Tasche. Ich bezahlte die Getränke an meinem Tisch, schenkte den beiden Spielern, die noch dablieben, eine komplette Serie und ging.

Um acht Uhr abends hatte ich einen Termin bei der Psychotherapeutin. Wir hatten uns lange nicht mehr gesehen; seit meinem Entschluß, das Spielen aufzugeben, vor meinem Rendezvous mit Marta. Ich erinnerte mich nicht mehr, ob ich ihr noch eine Sitzung schuldete, sondern nur an ihr Drängen, die Besuche fortzusetzen.

Sie saß mir gegenüber, den Notizblock vor sich auf dem Tisch, die Lampe aus grünem Bakelit brannte, und im silbernen Aschenbecher lag ein Zigarettenstummel. Der feine, elegante Waterman-Füllfederhalter mit der Goldspange lag auf den Papieren, ein Phallus in Ruhestellung. Sie machte keine Bemerkung, obwohl sie meinen Arm in der Schlinge betrachtete: Wer spricht, entblößt sich, zeigt die Flanke. Das sind die Regeln des Spiels, das ich nicht erfunden habe. Weigerte ich mich zu sprechen, würde sie auch nicht sprechen, die Sitzung verliefe peinlich, schweigend, da vorausgesetzt wird, daß ich sprechen muß und sie deutet. Aber niemand hat mich gezwungen, diese Partie zu akzeptieren: Ich war es doch, der sie zum Spiel einlud, als ich sie um Rat anging.

– Gestern habe ich definitiv aufgehört zu spielen, verkünde ich ungerührt. Wahrscheinlich verliere ich auch meinen Job. Und ich bin verprügelt worden, weil ich mit Marta, einer verheirateten, also unfreien Frau ins Bett gegangen bin. Ich bin verprügelt worden, weil ich das Gesetz übertreten habe, sage ich noch.

– Vieles auf einmal in kurzer Zeit, bemerkt Lucia.

– Marta wollte ich nicht verlieren, sage ich, aber vielleicht gelingt es nicht einmal ihr selbst, sich nicht zu verlieren. Meine Arbeit ist mir egal, und was das Spiel anbelangt, erkläre ich, so glaube ich, daß ich mir selbst beweisen will, daß ich aufhören kann. Da ist nur noch eine Sache, auf die ich verzichten muß, setze ich hinzu und mache eine Pause.

Sie hat automatisch den Waterman-Füller in die Hand genommen.

– Was? fragt sie sachlich.

– Sie, antworte ich.

– Wenn Sie die Therapie meinen (die Unterscheidung ist subtil: Will ich sie oder die Therapie aufgeben?), so scheint mir Ihre Entscheidung voreilig zu sein. Die Arbeit, die wir gemeinsam begonnen haben, sagt sie, ist noch nicht beendet.

– Ich bin aus eigenem Antrieb zu Ihnen gekommen, erinnere ich sie, und ich gehe auch aus eigenem Antrieb.

– Ich möchte gern, daß Sie mir erzählen, wie Sie zu diesem Entschluß gekommen sind, schlägt sie vor.

Ich sehe in dem Vorschlag eine Verlängerungstaktik: Wenn ich diesen Prozeß beschreibe, wird sie mit Sicherheit eine Stelle finden, von der aus sie die Therapie fortsetzen muß.

– Hören Sie zu, antworte ich ihr. Ich hätte auch nicht zu kommen brauchen, um mich zu verabschieden. Ich hätte diesen Prozeß abbrechen können, ohne Sie ein letztes Mal zu besuchen. Aber ich habe wie alle Spieler eine Schwäche für Umgangsformen, für Rituale.

Jetzt hat sie etwas auf ihren Notizblock geschrieben. Ich kann es erraten. »Aber ich habe wie alle Spieler eine Schwäche für Formen, für Rituale«.

Wird sie einen Artikel über die Spielsucht veröffentlichen?

– Ich erinnere Sie daran, mahnt sie, daß das hier kein Spiel ist.

– Manchmal, sage ich, spielt nur einer von beiden. In den Handbüchern der Psychologie heißt das, glaube ich, Perversion. Wir könnten sagen, fahre ich fort, daß *Ihre* Perversion das Beobachten, das Betrachten von der anderen Seite her ist (vom Schreibtisch aus), Voyeurismus also. Eine Art Lust ohne Risiko, folgere ich.

– Wenn Sie Interesse daran haben, die Beziehungen zwischen dem Therapeuten und seinem Patienten zu analysieren, erklärt sie, dann schreiben Sie doch ein Buch darüber. In diesem Moment ist das nicht unser Thema.

– Ich bräuchte Ihre Notizen, sage ich.

Diese Wendung hat sie nicht vermutet. Meine Anspielung auf ihre Notizen kam überraschend.

– Ich möchte gern Ihre Notizen haben, sage ich. Schließlich habe ich ziemlich viel Geld dafür bezahlt, damit Sie sie machen konnten.

– Als Spieler, antwortet sie, wissen Sie ganz genau, daß Ihre Forderung von den Gesetzen des Spiels nicht berücksichtigt wird. Sie ist rechtswidrig, bescheidet sie mich.

– Ich bin gekommen, um Ihnen mitzuteilen, daß ich das Spielen aufgebe und die Therapie, wenn das nicht sowieso dasselbe ist, sage ich.

– Wenn beides für Sie dasselbe ist, gibt sie zurück, dann wissen Sie sehr wohl, daß im Spiel jemand verliert und jemand gewinnt. Was, glauben Sie, gewinnen Sie oder haben Sie gewonnen?

– Es gibt noch mehr Möglichkeiten, entdecke ich ihr, es gibt Unentschieden und auch die Aufgabe der Partie.

– Auf den ersten Blick dürfte keine der beiden einen Spieler reizen, antwortet Lucia.

– Ich bin bescheiden geworden, sage ich zum Spaß.

Obwohl sie nichts notiert, schwingt sie jetzt den Waterman-Füller zwischen den Fingern.

– Ich glaube, daß Sie mich jetzt verlassen wollen, interpretiert Lucia, weil Marta Sie »verlassen« hat. Sie rächen sich für das Verlassenwerden von einer Frau, indem Sie eine andere verlassen.

– Nein, berichtige ich. Liebend gerne würde ich Sie zu einem Kaffee einladen und dann ins Hotel. Das habe ich während dieser ganzen Zeit versucht, Ihnen zu sagen, aber Sie haben es weder geduldet noch haben Sie akzeptiert.

– Wenn das so ist, dann würden Sie sich für das Verlassenwerden von einer Frau dadurch rächen, daß Sie mit einer anderen Frau ins Bett gehen.

– Aber nicht mit irgendeiner, sondern mit Ihnen.

– Je mehr Ihnen diese Frau bedeutet, umso besser: Ihre Selbstliebe gewinnt, sagt Lucia.

– Ich dachte immer, daß die Aufgabe eines guten Therapeuten – Mann oder Frau – darin besteht, die verletzte Eigenliebe der Patienten wieder herzustellen.

– Aber über die Art und Weise, wie das zu erreichen ist, entscheidet der Spezialist.

– Meine Eigenliebe hat sich ziemlich gut erholt, gebe ich zu, seitdem ich aus freien Stücken beschlossen habe, nicht mehr zu spielen, und ich lege Wert darauf, daß ich es nicht wegen einer Frau getan habe, sondern meinetwegen.

– Das ist das Vernünftigste, was Sie bisher gesagt haben, sagt Lucia und lächelt anerkennend.

– Wenn Sie mich vernünftig nennen, spaße ich, laufe ich Gefahr, unverzüglich einen Spielsaal aufzusuchen. Die Vernunft bringt mich um, wie unseren Don Quijote.

– Ich habe immer geglaubt, Dostojewski wäre Ihr zweites Ich, stichelt sie. Auch er gab das Spielen auf, nach dem, was Sie mir von ihm erzählt haben.

Mir kommt es so vor, als befänden wir uns unmerklich wieder in einer Sitzung.

– Da gibt es einen kleinen Unterschied, erkläre ich. Dostojewski hörte auf zu spielen und wechselte zum Journalismus. Er wurde zum Chefredakteur der wichtigsten Zeitung Moskaus ernannt. Aber er leitete sie nicht nur, präzisiere ich, sondern er schrieb in Wirklichkeit fast alles selbst. Die politischen Artikel, Kunstkritiken und über das gesellschaftliche Leben. Diese Aufgaben füllten ihn so aus, daß er während dieser ganzen Zeit nichts anderes mehr tun konnte. Es fehlte nur noch, daß er sie an der Ecke unter einer Laterne auch noch selber verkaufte.

– Also etwas, das nichts mit der Art des Journalismus Ihrer Zeitschrift zu tun hat, bemerkt sie ganz objektiv.

– Die Zeiten haben sich gewandelt, gebe ich zu.

– Das stimmt, bestätigt Lucia. Wenn Sie etwas mitzuteilen wünschen, sollten Sie ein Buch schreiben.

Ich frage mich, ob sie mir das nahelegen will.

– Seien Sie nicht albern, antworte ich. Schreiben ist sinnlos, es bringt überhaupt nichts ein, es laugt aus, ruft den Neid der Leute auf den Plan, und sein Zweck ist durchaus zweifelhaft.

– Wie merkwürdig, fällt Lucia auf. Das hört sich an wie die Beschreibung des Spielens. Sie blättert in ihren Notizen und liest meine Beschreibung des Spielens vor: »Es bringt überhaupt nichts ein, es laugt aus, macht die Leute neidisch, und sein Zweck ist durchaus zweifelhaft«.

– Wenn das die Beschreibung des Spielens ist, korrigiere ich sie, fehlt ein Element: das Vergnügen.

– Vielleicht fehlt dies Element auch in Ihrer Definition des Schreibens, stellt sie fest. Meinen Sie nicht, daß das die einzig mögliche Rechtfertigung einer Handlung ist, die nichts einbringt, auslaugt, den Neid der anderen hervorruft und deren Zweck durchaus zweifelhaft ist?

– Dann muß sie schon sehr viel Vergnügen bereiten, wenn sie so viel kostet, vermute ich.

– Erzählen Sie mir nicht, daß Sie noch nie daran gedacht haben, wirft mir Lucia vor. Und unwillkürlich richtet sie ihren gezückten Waterman-Füller auf mich.

– Hören Sie doch endlich auf, diesen erigierten Phallus auf mich zu richten, fahre ich sie an, weil ich es leid bin, das immer beobachten zu müssen.

– Es ist nur ein Füller, nur ein Füller, entschuldigt sich Lucia und legt ihn zurück auf den Tisch, auf neutralen Boden, gleich weit entfernt von uns beiden.

– Wenn Sie mich um meine Notizen gebeten haben, die ich Ihnen natürlich nicht geben werde, so haben Sie es, glaube ich, deshalb getan, weil es Sie reizt, und weil Sie den Wunsch verspüren, ein Buch zu schreiben – aber Sie möchten es lieber nicht zugeben. Denn wenn Sie scheitern, wenn Sie dieses Mal Ihren Wunsch nicht verwirklichen, haben Sie sich vorgenommen, mit den Sitzungen auszusetzen. Wenn Sie verlieren, möchten Sie keine Zeugen für Ihren Mißerfolg. Sie selbst haben mir einmal gesagt, daß der Spieler, der im Spielsaal das Glück und keine menschlichen Wesen herausfordert, jemand ist, der es nicht ertragen kann, beobachtet zu werden, wenn er verliert. Er spielt allein, gewinnt oder verliert allein. Und genauso kann niemand die Einsamkeit des Schreibens mit jemandem teilen.

– Ich habe beschlossen, antworte ich, ohne auf ihre Vermutungen einzugehen, was mich reizt und was ich wünsche, selbst zu verantworten.

– Das ist eine reife Entscheidung, erkennt Lucia an. Aber manchmal ist es ratsam, die Last zu teilen.

– Wenn das ein Angebot ist, unterstelle ich, würde es mir gefallen, wenn Sie es mir an einem anderen Ort als hier im Sprechzimmer wiederholten.

– Das lassen wir einmal offen, antwortet Lucia. Im Moment wollen wir herausfinden, ob Sie wirklich eine andere Wunschvorstellung entwickelt haben als das Spielen – in der Lotterie, beim Roulette oder mit der Liebe –, und ob dieser Wunsch das Schreiben zum Ziel hat.

– Mein Vater wollte laut Michelle schreiben, ziere ich mich. Aber wer will das so genau wissen? Die wirklichen Wünsche kann man nicht aussprechen.

– Deshalb haben Sie ja auch noch nicht zugegeben, daß Sie schreiben wollen, folgert Lucia. Und wir wollen jetzt dieses Schweigen respektieren, in dem sich der Wunsch bildet und wächst wie ein neues Lebewesen.

Unwillkürlich habe ich den Waterman-Füller, der zwischen uns lag, genommen. Ich fahre mit den Fingern auf ihm entlang: Er fühlt sich glatt und sanft an – wie Frauenbrüste, wie ein Penis.

– Ich bin mir nicht sicher, sage ich mit Vorbehalt. Ich habe nichts gesagt. Ich habe nichts versprochen.

– Das stimmt, sagt Lucia. Sie haben sich nicht zu diesem Wunsch geäußert, Sie haben nichts versprochen.

Meine Finger spielen mit dem Füller.

– Ich würde gerne Ihre Notizen einsehen, bitte ich noch einmal.

– Nein, antwortet Lucia streng. Jedem das Seine. Meine Notizen sind Arbeitsunterlagen. Ich mache sie und bin auch dafür verantwortlich. Sie geben ja auch nicht Ihre Manuskripte aus der Hand, wenn man Sie darum bittet.

– Das ist wahr, gebe ich zu.

– Und was die Sitzungen anbelangt, schlägt Lucia vor, so können wir eine Pause einlegen. Zwei Wochen, drei, einen Monat. Die Zeit, die Ihnen angemessen erscheint. Wir werden uns dann später wiedersehen, um den Prozeß zu verfolgen.

– Es könnte sein, daß ich Sie nicht in diesen vier Wänden wiedersehen möchte, sondern irgendwo anders, gebe ich zu bedenken.

– Schon möglich, und vielleicht gehe ich auch darauf ein – oder auch nicht.

Ich stehe auf, um mich zu verabschieden. Dieses Mal strekke ich ihr, weil der nächste Termin noch in den Sternen steht, die Hand hin. Auch sie gibt mir die Hand. Aber da fällt ihr Blick auf den Schreibtisch, und sie sagt zu mir:

– Im Augenblick gehört der Waterman-Füller noch mir. Ich glaube, Sie haben ihn unabsichtlich eingesteckt.

Ich lache. Tatsächlich, er ist in meiner Hosentasche.

– Ich glaube, ich muß mir auch einen kaufen, sage ich und gebe ihn ihr zurück.

Der letzte Satz des »Spielers« lautet: »Morgen, morgen wird alles ein Ende haben«.

Nach dem Gespräch, auf der Rückfahrt zu meiner Wohnung, bequem im Taxi, schreibe ich auf den weißen Rand der Zigarettenpackung: »Gestern abend, gestern abend habe ich aufgehört zu spielen.«

Ich finde, das ist ein guter Anfang.